# 니체 인생론 에세이
## 세상을 어떻게 이해할 것인가

# 니체 인생론 에세이
## 세상을 어떻게 이해할 것인가

초판 1쇄 | 2019년 1월 15일
11쇄 | 2023년 12월 20일

지은이 · 프리드리히 니체
옮긴이 · 이동진
펴낸곳 · 해누리
펴낸이 · 김진용
편집책임 · 조종순
디자인 · 신나미
마케팅 · 김진용

등록 | 1998년 9월 9일(제16-1732호)
등록변경 | 2013년 12월 9일(제2002-000398호)
주소 | 서울특별시 영등포구 당산로 20길 13-1
전화 | 02)335-0414  팩스 | 02)335-0416
E-mail | haenuri0414@naver.com

ISBN 978-89-6226-103-5 (03890)

* 잘못된 책은 구입하신 서점에서 바꾸어 드립니다.

# 니체 인생론 에세이
*Friedrich Wilhelm Nietzsche*

## 세상을 어떻게 이해할 것인가

이동진 옮김

# CONTENTS

# 니체의 생애와 사상
| 신의 죽음을 선고한 불멸의 초인


## '어린 목사' 라는 별명이 붙은 소년 시절의 모범생 니체

니체는 1844년 10월 15일, 독일이 통일되기 이전인 프러시아 왕국 삭소니 지방의 작은 마을 뢰켄에서 루터교 목사의 아들로 태어났다. 그날은 당시의 국왕 프리드리히 빌헬름 4세의 탄생이 기도 했다. 궁정의 가정교사였던 그의 아버지는 아들의 이름을 왕의 이름을 따서 프리드리히로 지었다.

훗날 니체는 "내가 그날 태어난 것은 기쁜 일이었다. 소년 시절의 내 생일은 축제일이었다." 라고 말했다. 니체가 다섯 살이 되기 직전에 아버지는 계단에서 굴러 떨어져서 뇌진탕을 일으켰고, 그로 인해 이듬해에 세상을 떠났다. 아버지가 죽은 다음 해에 남동생 요셉도 갑자기 경련을 일으키며 죽었다. 니체는 그 당시의 상황을 훗날 이렇게 썼다.

니체의 생가

"아버지가 돌아가셔서 우리 모두가 즐거움을 잃고 깊은 슬픔에 잠겨 있는데 그 상처가 채 아물기도 전에 또다시 가슴 아픈 상처를 입게 되었다. 그 무렵, 꿈에 수의를 입은 아버지가 무덤에서 나와 교회로 들어가더니 한 아이를 안고 나오더니 무덤으로 다시 들어갔다. 그 꿈을 꾼 다음 날 동생 요셉이 죽고 말았다."

1850년 니체와 여동생은 할머니와 두 숙모와 함께 고향 뢰켄을 떠나 자알레 강가의 마을 나움부르크로 이사했다. 여섯 살의 니체는 그곳에서 사립 초등학교에 입학했는데 다른 아이들과 잘 어울리지 못한 채 놀림감이 되었다.

그는 집안의 경건한 부인들 틈에서 귀여움을 독차지하고 자란 탓으로 여성적인 감수성이 예민했을 뿐만 아니라 난폭한 아이들과 불량배들의 미움과 따돌림을 너무 받아서 그들을 몹시 미워하고 혐오했다.

당시 니체에게 '어린 목사'라는 별명이 붙었던 것은 그의 몸가짐과 말투가 목사와 비슷했기 때문이기도 했지만 그가 성서를 너무 멋지게 암송하고 찬송가를 잘 불러 사람의 눈물을 짜냈기 때문이었다.

니체의 여동생은 그가 얼마나 단정하고 고지식한 모범생이었는지에 대해 다음과 같은 글을 남겼다.

"어느 날 학교에서 집으로 돌아오는 길에 갑자기 소나기가 쏟아졌다. 다른 아이들이 모두 비를 피해 마치 마왕의 군사들처럼

니체의 아버지

니체의 어머니

질주하고 있었지만, 니체는 모자를 벗고 손수건을 머리 위에 올려놓은 채 매우 천천히 걸어갔다. 어머니는 비를 흠뻑 맞은 니체에게 왜 뛰지 않고 그렇게 걸어오느냐고 나무랐다. 그때 니체는 '하지만 엄마, 애들은 깡충깡충 뛰지 않고 단정하게 걸어가야 한다는 것이 교칙이거든요.' 하고 말했다.

### 용사의 갑옷을 입은 소녀의 혼

이처럼 경건한 모범생이었던 어린 목사 니체에게는 강한 정신력과 자부심이 잠재해 있었다. 이윽고 니체는 친구들과 어울리면서 괴테의 작품을 읽고 고전 음악을 감상했다.

당시의 교사는 니체가 '성전에 앉아 있는 열두 살의 예수'로 보일 만큼 독실하고 경건한 학생이라고 평가했다. 니체 자신도 '영광 속에서 찬란한 신의 모습'을 환각으로 볼 만큼 신심이 깊었다.

그럼에도 불구하고 소년 니체는 교회가 가르치는 삼위일체 교리를 '성부와 성자와 악마'라고 비판할 정도로 교회의 모순과 대결하기 시작했다. 이처럼 어린 시절에 배운 난해하고 모호한 신학 이론이 니체의 삶 속에 비극적 성장을 초래한 큰 수수께끼로 남아 있다.

16세의 니체

그는 나움부르크 시절에 음악과 그리스 로마 문화를 깊이 있게 공부한 끝에 운명과 역사에 관하여 구두로 발표함으로써 교내에서 명성을 떨쳤다. 그는 1858년에 개신교 계통으로 독일에서 가장 유명한 기숙사학교인 포르타 고등학교에 장학생으로 입학한다.

여기서 니체는 핀더와 크루크라는 친구와 함께 '게르마니아' 라는 작은 문학회를 조직했다. 그들은 시내에서 멀리 떨어진 쉔부르크의 폐허를 찾아가 아름다운 자알레 강가에서 문학회조직을 선언한 것이다. 그리고 그들은 변치 않는 우정과 정신적 유대를 맹세하고 건배를 했다.

그들은 매달 시, 논문, 작곡한 악보, 건축설계, 문학작품 등을 함께 감상, 검토하고 서로 우정 어린 비평을 하기로 다짐했다. 니체는 이때 여러 편의 작품을 썼는데, 그의 논문 〈운명과 역사〉도 이때 제출한 것 중 하나이다. 그는 매우 우수한 성적으로 포르타 고등학교를 졸업했다.

1864년 니체는 본 대학에 입학, 신학과 철학을 전공하는 한편, 프리드리히 W. 리츨 교수의 지도 아래 고전 언어학에 몰두했다. 다음 해에 리츨 교수를 따라 라이프치히 대학으로 학적을 옮기고, 고전 언어학을 계속해서 연구했다.

1869년 그는 매우 이례적으로 라이프치히 대학으로부터 박사학위를 받은 뒤 리츨 교수의 강력한 추천으로 25세의 나이에 스위스 바젤 대학의 고전 언어학 교수가 되어 강단에 서게 된다. 그리고 다음 해에 그는 스위스 국적을 취득했다.

군복차림의 니체

이 무렵, 그는 프러시아 수상 비스마르크의 철혈정책을 지지하는 한편, 음악에 심취하여 소나타 곡도 여러 편 작곡했다. 그는 독일 낭만파 음악가 슈만의 영향을 크게 받았다. 당시에 그는 "내게 음악이 없었다면 어떻게 살았을까"라고 말할 정도였다.

이듬해인 1870년 8월에 프랑스와 프러시아 사이에 전쟁이 발발했다. 그는 조국의 부름을 거부할 수 없어

자원해서 입대했다. 그 당시 그는 이렇게 쓰고 있다.

"너에게는 국가가 있다. 국가는 결코 마르지 않는 고통의 샘이며 위험한 불꽃이다. 그러나 국가가 부를 때 우리는 자아를 잃고, 피비린내 나는 호소와 함께 민중의 격려를 받으며 용기를 떨치고 사기를 높여 영웅적 행위를 한다."

그는 위생병으로 종군, 전선으로 향하면서 프랑크푸르트 기병대의 요란한 말굽소리를 듣고 그 자리에서 말했다.

"나는 처음으로 인간이 살려고 하는 가장 강력한 의지가 생존경쟁이라는 가련한 말로 표현되는 것이 아니라 싸우려는 의지, 권력을 잡으려는 의지, 남들을 압도하려는 의지로 표현되는 것이라고 생각했다."

종군 기간에 그는 이질과 디프테리아에 걸렸고, 그 영향으로 평생 동안 쇠약 증세에 시달렸다. 그는 전투의 비참한 현장을 목격하지는 못했지만 예민한 감수성 때문에 잔인한 전쟁의 현실을 뼈저리게 느낄 수 있었다. 그는 제대한 뒤 편두통과 안질로 심한 고통을 겪는다. 사람들은 그 시절의 니체를 가리켜 '소녀의 혼이 용사의 갑옷을 입었다' 고 표현했다.

1870년 10월에 바젤 대학에 돌아온 그는, 고전 언어학 강의를 계속하다가 건강 악화로 다음 해에 강의를 중단했다.

## 헌책방에서 위대한 스승, 쇼펜하우어를 만나다

1868년 10월 니체는 라이프치히 대학 근처 브르멘가세라는 뒷골목의 헌책방 주인집에서 하숙을 했다. 어느 날 니체는 그 하숙집 주인의 헌책방에서 쇼펜하우어의 저서 《의지와 표상으로서의 세계》라는 책을 우연히 발견하게 된다.

그는 평소에 책을 서둘러 사지 않는 습관이 있었지만 그날은 이상하게도 누군가가 '어서 그 책을 읽어라'라고 속삭이는 운명적인 느낌을 받았다.

그는 그 책을 사들고 집에 와서 소파에 앉아 읽기 시작했다. 그 순간 니체는 저자가 그 책을 자기를 위해서 쓴 것처럼 느끼면서 정신없이 읽은 후에 큰 충격을 받았다. 《라이프치히에서의 회고》라는 수기에 니체는 이러한 소감을 남겼다.

"나는 그때 그 정력적이고 음울한 천재 철학가로부터 깊은 감명을 받고 내 몸을 전부 내맡겨 버렸다. 그 책은 첫 줄부터 모든 말들이 하나같이 단념과 부정과 체념뿐이었다. 그 책을 통해서 나는 세계와 인생과 나 자신을 비추어 볼 수 있는 큰 거울을 발견한 것이다.

그 책에서 나를 응시하고 있는 것은 예술이 지니고 있는 사심 없는 완벽한 태양의 눈이었다. 나는 질병과 치유, 추방과 피난처, 그리고 지옥과 천국을 보았다. 자기 인식과 자기 해체의 욕구가 나를 사로잡은 것이다."

니체에게 있어서 쇼펜하우어의 체험은 최초의 정신혁명이었다. 따라서 쇼펜하우어는 니체의 위대한 스승이 되었고, 또 니체가 극복하고 넘어가야 할 거대한 표적이 되었던 것이다.


## 바그너와의 만남과 비극의 탄생

라이프치히 대학에서 니체의 은사였던 리츨 교수의 부인은 동양학자 브로크하우스 교수의 부인과 교분이 깊었다. 브로크하우스 부인은 바로 바그너의 누이동생이었다.

니체는 그와 같은 관계로 1868년 처음으로 바그너를 만날 수 있었다. 그때 니체는 24세의 대학생이었고, 바그너는 55세의 위대한 오페라 작곡가였다.

바젤 대학의 고전 언어학 교수인 니체는 1870년 5월 바그너의 집에 찾아갔다. 그때 바그너는 작곡 중이었으므로 다음 날 다시 만났다. 그 방문에서 니체가 받은 인상은 친구에게 보낸 편지에 기록되어 있다.

"바그너는 우리의 예상을 훨씬 뛰어넘는 탁월한 존재였다. 그는 엄청나게 풍부하고 위대한 정신을 지녔으며 정력적인 성격에 지식에 대한 강한 욕구를 품으면서도 사랑스러운 인간이었다. 쇼펜하우어가 천재라고 부른 바그너의 천재성은 다른 어느 누구에게도 찾아볼 수 없을 만큼 뚜렷한 것이었다. 그의 곁에 있을 때 나는 신성한 존재와 함께 있다는 느낌을 받았다."

바젤에서 니체는 바그너와 그의 부인 코시마를 자주 방문하여 친밀한 관계를 유지했다. 니체는 그처럼 당대의 거장 바그너의 음악에서 영향을 받고 그와 교류하는 동안 바그너의 비극 오페라 〈트리스탄과 이졸데〉에 크게 감동한 결과, 1872년에 〈비극의 탄생〉(원제목: 음악 정신으로부터 비극의 탄생)이라는 최초의 저서를 출간했다. 이것은 오늘날까지 미학의 고전으로 남아 있다.

《비극의 탄생》은 그리스 비극을 니체의 독특하고 독창적인 해석을 통해 분석한 저서이다. 인생의 기쁨을 찬미하면서도 염세적인 사상을 드러내고 있다. 또한 생에 대한 긍정과 부정 등을 쇼펜하우어의 형이상학적 철학 사상을 토대로 해서 보여주고 있다. 니체는 그리스 비극을 이성적인 아폴로주이와 격정적인 디오니시우스주의의 결합이라고 본 것이다.

그는 여기서 그리스 정신이 인류 문화의 원천이라는 점을 강조하면서, 바그너 음악은 그리스의 정신을 현대에서 다시 되살려낸 음악이라고 보았다. 따라서 니체는 그와 같은 신예술주의 운동을 지원하려고 온갖 노력을 다했다.

그 이후 1876년에는 《반시대적 고찰》 4편을 묶어서 발표했다. 이 작품은 프랑스와 프러시아의 전쟁에서 승리하여 도취감에 젖어 있는 독일 국민과 문화에 대한 성찰과 날카로운 비판을 가한 것이다. 결국 유럽 문화에 대한 근본적인 회의를 보여 주는 이 작품에서 니체가 주장하는 것은 위대한 창조자인 천재의 등장이 문화를 주도해야 한다는 것이다.

제1편은 헤겔학파의 신학자 D.F. 슈트라우스의 〈교양을 가진 속물〉에 대한 비판으로 학계에 큰 반향을 일으켰다. 제2편은 역사주의에 대한 비판이었으며, 제3편은 쇼펜하우어 철학 사상을 지지하면서 자신을 실존 철학을 결연하게 보여 준다. 제4편은 그의 평생 친구이자 동반자인 바그너가 바이로이트에서 공연한 악극 〈니벨룽겐의 반지〉에 관한 절대적 찬사가 주류를 이루고 있다.

그러나 이 저서가 계기가 되어 니체와 바그너는 마침내 1878년에 절교에 이르게 된다. 니체는 바그너가 자기 작품 안에 그리스도교적 주제를 너무 많이 사용한다는 점과 그의 자기중심주의, 반유대 성향에 대해 평소에 불만이 많았다. 따라서 니체가 바그너의 천재적인 음악성을 통해서 내세우려고 했던 새로운 게르만적 헬레니즘 문화의 이상과 꿈은 좌절되고 만다.

니체는 건강이 몹시 악화되자, 1879년 6월에 바젤 대학 교수직을 사임하고 6년 기간으로 매년 3천 스위스프랑의 연금을 받게 되었다. 그는 스위스, 프랑스의 리비에라 해변, 이탈리아 등지에서 전지 요양과 투병 생활을 계속하면서도 집필을 쉬지 않았다. 그는 시력이 극도로 나빠지고 고통이 심한 생활을 하면서 사람들은 거의 만나지 않고 지냈다. 그때 쓴 저서들이 《인간적인, 너무나 인간적인》《서광》《기쁜 지혜》 등이다.

이 저서들은 잠언들과 단편적 생각으로 구성되어 있는데 낭만주의를 배격하는 실증주의적이고 심리적인 내용을 담고 있다. 니체는 이들 저서를 통해서 과거의 이상을 모두 우상으로 보고 새로운 이상을 향한 가치 전환을 시도했다.


## 루 살로메와의 이룰 수 없는 사랑


1882년 니체는 루 살로메라는 러시아 여자를 만나 사랑에 빠진다. 루 살로메는 러시아에서 근무하던 독일 장군의 딸로 스위스 취리히 대학에서 철학, 신학, 비교종교학과 예술사를 공부하다가 건강이 나빠지자 로마에서 휴양 중 니체를 만난다. 그리고 두 사람의 사회적 관습을 뛰어넘는 지성적인 교제가 시작되었다.

당시 38세였던 니체는 21세의 루 살로메야말로 자신과 대등하게 대화할 수 있는 유일한 지성인으로 여겼고, 두 번이나 청혼했으나 거절당했다. 루 살로메는 아무에게도 구속되고 싶지 않았기 때문이었다.

그로 인한 니체의 절망은 컸다. 게다가 다른 남자들의 질투와 니체의 누이동생 엘리자베트의 루 살로메에 대한 증오심으로 인해서 두 사람은 큰 스캔들에 휩싸인다. 니체는 루 살로메에게 자신의 사상적 후계자가 되어 줄 것을 간곡히 원했지만 결국은

루 살로메

실패했다. 그로 인해 두 사람은 미묘한 심리적 갈등을 극복하지 못하고 헤어진 후에, 니체는 깊은 고독 속으로 빠진다.

　루 살로메는 그 후 동양학 학자 F.C. 안드레아스의 부인이 되었다가, 라이너 마리아 릴케의 정부, 지그문트 프로이트의 애인이 되기도 했다.

### 권력 의지의 초인, 차라투스라의 탄생

 그는 철저한 고독 속에 살아가면서도 인간과 삶에 대한 순수하고 정열적인 사랑 때문에 오직 저작에만 전념하게 된다. 그리하여 마침내 니체는 역사상 가장 탁월한 저서 가운데 하나를 출간하게 된다. 그 책이 바로 영원회귀 사상에 기초를 두고 초인(超人)의 상을 그린 철학적 서사시《차라투스트라는 이렇게 말했다》이다.

 이 책은 1883년~1885년 3년간에 걸쳐 알프스산 요양 중에 쓴 것으로 니체의 사상을 상징적으로 표현해 놓은 대표작이다. 니체는 이 책을 쓰던 시기가 가장 정신적으로 완숙한 시기로 평가

〈차라투스트라는 이렇게 말했다〉의 한 구절

되고 있다. 그는 신의 죽음을 통해서 인간이 지상에서 살아야 하는 참된 의미가 무엇인가를 추구했다. 인간은 영원히 회귀하면서 살게 되므로 삶이 긍정적이어야 한다는 점과 초인에의 의지와 이상을 강력하게 주장하고 있다.

그 이후에 니체는 〈차라투스트라〉의 시적이고 추상적인 표현이 마음에 안 들어 자신의 사상을 보다 구체적인 논문으로 해석해서 쓴 《선악의 피안》을 출간했다. 여기서 그는 근대의 문명과 문화를 형성하는 데 큰 바탕이 된 그리스도교를 인생을 파괴하고 타락시키는 원인으로 단정했다. 또한 낡은 가치관을 청산하고 긍정적인 자세를 통해 세 가치를 창조해야 한다고 역설했다.

그는 퇴폐적인 근대의 여러 제도와 사회적 현상에 대해 신랄하게 비판했으며, 단순히 객관성에만 치우친 과학 정신과 동정에 기반을 둔 그리스도교적 비도덕성과 역사 의식의 과잉 등을 예리하고 독특하게 비판하고 있다.


**누이동생 엘리자베트와 지낸, 그의 생애 최악의 겨울**

1887년에 출간한 《도덕의 계보》에서는 약자의 도덕에 반대하고 생의 통일성을 부여할 수 있는 강자의 도덕을 확립했다. 그것은 곧 유럽 윤리사상의 비판서가 되었다. 그 시기에 이미 〈권

니체가 말련에 여름마다 머물렀던 스위스의 집

력에의 의지〉를 집필 중이었으나, 니체는 그 책을 완성하지 못
했다. 그 책은 그가 세상을 떠난 후에 유고집에 수록되어 출판
되었다.

1888년 덴마크의 문예 비평가 게오로크 브란데스 교수가 코펜
하겐 대학교에서 니체에 관한 강좌를 열었는데, 이때부터 니체
의 사상과 저술들이 비로소 처음으로 공식 인정과 주목을 받기
시작했다. 니체는 브란데스 교수로부터 강의 청탁을 받았으나
정신착란 징후가 보여서 뜻을 이루지 못했다.

그러나 그 시기에 〈바그너의 경우〉 〈우상들의 황혼〉 〈이 사람
을 보라〉 〈반그리스도〉 〈니체와 바그너〉 등을 집필했다. 이 가

운데 〈우상들의 황혼〉은 자신의 철학 이론을 종합 정리한 것이고, 〈이 사람을 보라〉는 자신의 저술들에 대한 회고와 평가이다. 〈차라투스트라〉를 비롯한 그의 대부분의 저서들은 출간되었을 때 그다지 크게 주목을 받지 못했다.

니체는 1889년 1월에 이탈리아 토리노의 길에서 쓰러진 후에는 정신병인 '진행성 마비 증세'로 친구들에게 망상적인 내용을 쓴 편지들을 보낸 것으로 알려졌다. 소식을 듣고 곧 이탈리아로 달려온 그의 친구 프란츠 오버베크가 그를 스위스 바젤 정신병원으로 데리고 가서 입원을 시켰다.

그 후 그는 11년 동안 암울한 시절을 보냈다. 정신병원에서 나온 뒤에는 1897년까지 나움부르크에서 어머니의 간호를 받으며 지냈다. 어머니가 죽은 1897년 이후에는 정신착란 증세로 바이마르에서 여동생 엘리자베트의 보호와 간호를 받으며 살다가 1900년 8월 25일 마침내 세상을 떠났다. 사인은 잠복성 제3기 매독에 의한 불규칙적 전신마비였다.

1891년, 여동생 엘리자베트는 니체의 〈차라투스트라는 이렇게 말했다〉 제4부를 출판하려고 했으나 그가 출판을 막았다. 그러나 1894년에 여동생은 '니체문고'를 독자적으로 설립하여 직접 출판에 착수했다.

여동생은 니체가 어린 시절부터 만년에 이르기까지 쓴 모든 일기와 수기, 단편적인 기록의 초고 혹은 편지, 논문 등 그 밖의 모든 방대한 양의 글들을 수집하고 보관해 왔다. 여동생이 아니었더라면 니체의 원고는 햇빛도 못 본 채 영원히 묻혀 버렸을지도 모른다.

여동생의 말에 의하면, 니체가 자신의 근본 사상을 정리하려는 계획을 가진 것이 1882년이었다. 그해는 니체에게 운명적인 해였다. 그해에 니체는 루 살로메와 깊이 얽혀 있었고, 바그너의 〈파르지팔〉 초연에 동행하자는 누이의 제의를 거절함으로써 바그너와의 결별을 재확인하기도 했다. 니체 자신도 "그해 겨울은 내 생애 최악의 해였다."고 밝히고 있다.

니체의 이름은 히틀러와 나치즘과 연관되어 있는 것으로 알려져 있다. 이것은 히틀러를 광적으로 지지한 여동생 엘리자베트가 그의 저술들을 그러한 방향으로 이용했기 때문이다.

여동생은 독일 국수주의에 반유대주의자인 베른하르트 포에르스터와 결혼했고, 남편 사후에는 니체의 저술들을 죽은 남편의 주장에 맞도록 수정했다.

또한 여동생은 니체가 휴지로 버린 메모들을 모아서 《권력에의 의지》라는 책을 출간하는 탐욕도 부렸고, 니체의 원고 일부를 위조하기까지 했다. 그래서 여동생은 니체가 자신의 저술들을 분석하고 해석한 《이 사람을 보라》의 출간을 1908년까지 보류하고 있었던 것이다.

결국 오랜 세월에 걸쳐서 니체 연구가들은 니체의 사상을 제대로 해석하지 못하고 오해하게 되었다.

## 신의 죽음을 선고한 현대 실존주의 선구자

니체의 저술은 시기적으로 세 단계로 분류된다.

《비극의 탄생》을 비롯한 초기 저술들은 쇼펜하우어와 바그너의 영향을 받아 낭만주의적 경향이 강하다.《인간적인, 너무나 인간적인》등의 중기 저술들은 프랑스의 격언 정통을 이어받은 것으로 이성과 과학, 그리고 문학 장르의 실험을 적극 지지하는 한편, 쇼펜하우어와 바그너의 영향, 초기 낭만주의 경향에서 벗어난 자세를 보여 주고 있다.

후기 저술들에서 그의 완숙한 사상이 본격적으로 드러난다. 초기에는 삶을 적극적이고 긍정적으로 보았으나, 후기가 되면 삶에 대한 부정적인 측면이 보이면서 절대적인 긍정이 운명애의 경지에 도달하고 있다는 것을 알 수 있다.

19세기에 실증주의가 대두함으로써 절대적 가치가 붕괴하고 목적도 의미도 상실한 상태, 즉 허무주의가 등장하게 된다. 이 허무주의의 극치가 바로 신의 죽음인 것이다.

니체는 근대 유럽의 정신적 위기는 유럽 문명의 근간을 이루고 있던 그리스도교적 신의 죽음에서 비롯된 것으로 보았다. 신의 죽음이란 유럽의 전통적 가치관의 붕괴를 의미하는데, 니체는 19세기 당시의 민족주의와 민족 국가들이 절대적 가치를 지니는 새로운 신으로 등장하게 될 것을 우려한 것이다. 따라서 그는 '신은 죽었다' 고 단정함으로써 발생한 사상과 가치관의 공

백 상태를 새로운 가치관의 창조로 치유하려고 노력했다.

그는 관점주의 권력에의 의지, 영원한 회귀, 초인 등 매우 독창적인 테마를 제시했다. 관점주의란 모든 지식이 일정한 관점에서 바라볼 때 형성되는 것이라는 주장이다. 이것은 상대주의와 회의주의와 혼동되기 쉽지만, 반드시 일치하는 것은 아니다. 그러나 그가 주장하는 공동 유산의 지배적 가치라는 것도 결국은 일정한 관점에서 본 지식에 불과하다는 자기모순도 내포하고 있다.

그는 삶 자체가 권력에의 의지, 즉 성장과 지속의 본능과 동일한 것이라고 주장한다. 현재 상태가 영원히 반복된다는 것을 받아들여야 한다고 그는 주장하지만, 현실의 비참한 상태가 영원히 회귀한다는 것은 초인만이 받아들일 수 있는 것인지도 모른다.

그런데 일반인과 전혀 다른 존재인 초인도 그 특정 성격에 대해서는 해석이 분분하다. 니체는 어떤 사람들은 사후에 비로소 새로 태어난다고 말한 적이 있다. 이 말은 바로 니체 자신에게 적용되는 것이다.

그의 사상은 시대를 거치면서 수많은 사람에게 사상적 영향을 끼치면서 오늘날에는 실존주의의 선구자로 불리고 있다. 또한 그는 그리스도교를 비판함으로써 유럽 문명을 비판했으며 키에르케고르와 함께 실존주의 철학의 선구적인 역할을 했다.

그는 서정시인으로서도 뛰어난 시적 재질을 보여 격조 높은 찬가 시편을 남김으로써 문학 세계에서도 진면목을 드러낸 천재였다. 그가 역사상 가장 영향력이 큰 철학가들 가운데 하나가 된 것은 그의 사상이 매우 독창적일 뿐만 아니라 독일어 산문을 탁월하게 구사했기 때문이다.

니체를 이해하지 않고서는 21세기의 철학, 신학, 심리학 등을 이해할 수가 없다. 그만큼 그의 영향력은 다방면에 걸쳐서 크게 발휘되고 있는 것이다.

독일의 철학자 칼 야스퍼스, 마틴 하이데거, 프랑스의 철학자 알베르 카뮈, 자크 데리다, 미셸 푸코, 신학자 폴 틸리히, 마틴 부버, 정신분석학자 칼 융, 지그문트 프로이트, 소설가 토마스만, 헤르만 헤세, 앙드레 말로, 시인 라이너 마리아 릴케, 윌리엄 예이츠, 극작가 버나드 쇼 등이 그의 영향을 막대하게 받은 인물들이다.

# 1

## 어떻게 살 것인가

NIETZSCHE

# 인간의 생애에도
## 사계절이 있는가?

인간의 생애를 계절에 비유할 수 있을까?

20대는 열정적이면서도 답답하고, 천둥 번개처럼 우렁차지만 왕성하게 자라다가 지쳐서 끝나는 시기다. 하루를 보내고 난 저녁에 그날 하루를 찬미함과 동시에 이마의 땀을 닦는 시기이기도 하다. 또한 고된 것이기는 하지만 노동을 필수적인 것으로 여기는 시기다. 이런 시기를 우리는 인생의 여름이라고 부른다.

그러나 30대는 인생의 봄이다. 따뜻한 공기가 감도는 시기, 때로는 공기가 너무 차가운 시기, 그리고 언제나 불안정하고 자극적인 시기다. 수액이 끓어오르고, 나뭇잎이 무성해지며, 꽃향기가 넘쳐난다. 매혹적인 아침과 밤을 맞이하는가 하면, 새가 지저귀는 소리에 눈을 뜬 다음 일터로 나가며, 참된 일에 힘을 쏟고 일종의 예감을 느끼는 시기다.

40대는 정지하는 듯 신비스러운 시기다. 상쾌한 바람이 부는 드넓은 고원과 구름 한 점 없이 맑은 하늘로 시선을 던진다. 이것이 인생의 가을이다.

그러나 인간의 생애에는 겨울이 없다. 어쩌면 희망도 없이 외롭게 병석에 누워 있는 기간을 인생의 겨울이라 부를 수 있을지도 모르겠다.

## 하루의 3분의 2를 자신을 위해 쓰지 않는 사람은 노예다

　　오늘날의 학자들은 사람들이 흔히 말하는 세속적인 기쁨과 유희에 빠져 있다. 권력 주변을 기웃거리거나 돈의 유혹에 빠지거나 명성을 좇기에 바빠서 명상적인 생활을 거의 하지 않는다. 그런 학자들은 자신들만의 이득과 즐거움을 찾는 일이 본래 자신의 본분인 것처럼 여기고 명상적이거나 한가한 일을 외면한다.

　　그래서 어떤 학자들은 바쁘지 않고 한가한 것을 무능한 것이라고 생각하고 부끄럽게 여긴다. 본인이 그런 생각을 갖고 있기 때문에 일반 사람들도 학자들이 한가하면 무능한 것으로 여길 수밖에 없다.

　　하지만 그것은 잘못된 생각이다. 한가롭게 아무 일도 하지 않는다는 것은 고귀한 것이다. 그것은 악덕이기는커녕 오히려 미덕이다. 한가한 인간이 바쁜 인간보다 훨씬 행복하다.

　　비단 학자들뿐만 아니라 오늘날의 사업가나 직장인들도 모두 정신없이 바쁘게 산다. 그들은 24시간도 모자라는 듯 시간을 잘게 나누어 조금도 버리지 않고 알뜰하게 쓰며 살고 있다. 그런데 그런 것을 어떻게 시간의 적절한 사용이라고 말할 수 있는가? 인생의 목적이 명성의 획득이나 돈다발을 긁어모으는 일이라고 믿는 자들이라면, 자기 인생을 얼마나 낭비했는지는 죽는 순간에나 깨닫고 후회할 것이다.

그렇게 목표 달성을 추구하는 유형의 인간들이 수첩에 적어 놓은 스케줄이란 모두가 그가 속해 있는 거대한 조직의 틀 속에 맞추어진 것들이지, 자신을 위해서 할애된 시간은 거의 없다.

거기에는 '나만을 위한 명상 시간' '나만의 인격을 위한 시간' '책 읽는 시간' '운동 시간' '내가 가장 만나고 싶은 사람들과의 대화' 따위는 들어설 자리가 전혀 없다. 그 수첩에서 자기 자신은 찾아볼 수가 없는 것이다.

은행가나 사업가들은 마치 돌덩이가 길바닥에 끝없이 굴러다니듯, 이 사회의 거대한 조직이나 기구의 타성에 따라 무심히 굴러가고 있을 뿐이다. 자신을 위해서가 아니라 회사와 조직을 위해 살 뿐이다.

지금 유럽인이나 미국인들은 꿀벌이나 개미처럼 법석을 떨면서 살고 있다. 그 소란이 너무 심해서 문화는 결실을 맺을 수가 없다. 그들의 문화는 침착성의 결핍 때문에 새로운 형태의 야만적인 것으로 끝날 수밖에 없다. 그래서 사람들은 동물처럼 이기적이고 모진 존재가 될 것이다.

나는 여기서, 모든 인간은 시대를 막론하고 자유인과 노예로 나누어진다고 주장하고 싶다. 하루의 3분의 2를 자신을 위해 쓰지 않는 사람은 노예로 분류될 수밖에 없다. 가족이나 친구가 보고 싶어도 너무 바빠서 만날 수 없는 사람들이 노예이지, 어떻게 삶의 주인이라고 할 수 있겠는가?

오늘날처럼 바쁜 족속들이 존중받는 시대도 없었다. 바쁜 것을 큰 자랑이나 벼슬처럼 여기는 시대에 진정한 행복을 누리는 사람은 바로 바쁜 사람들이 경멸하는 한가한 사람들이다. 몸과 마음이 변함없이 침착한 사람들은 좋은 기질을 갖추고 있어서 유익한 미덕을 발휘할 수 있는 사람들이다.

돈과 명예를 위해 눈코뜰새없이 바쁘게 살던 사람들이 어느 날, 한가한 사람이야말로 참된 행복을 누리며 살고 있다는 사실을 깨닫는 순간, 그들은 이미 불행한 사람이 되어 있을 것이다.

# 근거 없는 관습에 길들여져 살아가고 있지는 않은가

사람들의 생활양식이나 인생관은 대개 실제로 살아 보고 경험해 본 결과를 통해서 선택한 것이 아니라, 습관에 의해서 타의적으로 이루어진 것이다.

어떤 사람이 그리스도교 신자가 된 것은 여러 종교를 잘 알아보고 공부해 보고 믿어 본 후에, 그 중에서 가장 알맞은 종교를 선택한 것이 아니라, 그리스도교 집안에서 태어났다거나, 친구를 따라 우연히 교회에 가게 되었다거나 하는 이유 때문에 그렇게 되는 경우가 많은 것이다.

이 말은 곧 내가 독일인인 것은 내가 여러 나라 중에서 독일을 선택한 것이 아니라 독일에서 태어났기 때문에 독일인이 된 것과 같다. 그것은 내가 골라서 선택하기 이전에 이미 그렇게 선택하도록 된 것이지, 나의 신념이나 확신 때문에 선택된 것이 아니라는 뜻이다. 그것은 마치 포도주 생산지에서 태어난 사람이 어려서부터 포도주를 마실 기회가 많았기 때문에 포도주 애호가가 되는 것과 같다.

그러나 이런 타의적 선택에 의한 삶은 잘못된 것일 수도 있다. 그러므로 당신이 현실에 불만이 있다면 그것을 뒤집어 보기 바란다.

　예를 들어 오랜 인류의 관습 중 하나인 일부일처제를 따르는 사람이 일부다처제를 반대할 경우, 그에게 일부일처제를 지탱하는 합리적 근거가 어디서 나왔고 그것을 지지하는 열정이 어떠한 습관에서 비롯된 것인지 따져 보라.

　그러면 자신의 현재 생활은 신념이나 확신에서 나온 것이 아니라, 아무 근거도 없는 원칙에 익숙해진 채 살고 있는 것에 불과하다는 것을 알 수 있을 것이다.

# 돈이 많다고 해서
## 행복해지는 것은 아니다

　　돈은 필연적으로 귀족과 특권 계급을 만든다. 돈은 가장 좋은 집을 차지하거나 그 집에 가장 아름다운 아내를 맞을 수 있게 해 주며, 가장 훌륭한 가정교사를 채용할 수도 있게 해 주기 때문이다.

　그뿐만이 아니다. 돈은 자기가 사는 환경을 아름답고 쾌적하게 만들 수 있으며, 취미를 즐기게 해 주고, 힘든 노동을 피하게 해 준다. 특히 돈은 아름다운 옷차림을 갖출 수 있게 해 주고, 멋진 행동을 할 수 있는 명분과 조건도 제공해 준다. 또한 사람의 마음을 넉넉하게 하고, 남 앞에서 비굴해지지 않게 해 준다.

　반대로 돈이 없는 사람은 고상한 품위와 인격에 손상을 겪을 수밖에 없다. 가난한 사람에게는 미래에 대한 향상의 여지가 줄어들고, 돈이 없어서 돈을 벌 수 없기 때문에 더욱더 생활이 궁핍해질 수밖에 없다.

　그러나 일년에 3백만 원을 쓰는 사람이나, 3천만 원을 쓰는 사람이나 돈의 쓰임새에서는 똑같은 가치와 효용성을 갖는다.

점심 한 끼에 5천 원을 쓰는 사람도 있고, 5만 원을 쓰는 사람도 있지만, 비싼 값을 치른다고 해서 배가 더 부른 것은 아니다.

2백만 원짜리 침대에서 자는 사람이 2십만 원짜리 침대에서 자는 사람보다 잠을 더 편하고 깊이 잔다는 보장도 없다. 큰 호화 저택에서 사는 사람이 오두막집에서 사는 사람보다 더 만족하고 행복할 수 있는 것도 아니다.

그렇다면 돈이 많다는 것이 인간에게 도대체 무슨 의미가 있는가? 돈이 많고 적음에 따라 만족도가 달라지거나 행복과 불행이 결정되는 것은 아니다. 오히려 돈을 적게 쓰는 사람들의 만족도가 더 높고, 더 많이 가진 사람일수록 돈 때문에 발생하는 피해와 불행을 더 많이 겪는 것이 현실이다.

어린 시절에 걸식을 하면서 인간적 모욕을 당하는 것은 끔찍한 일이다. 그러나 정치 권력자들에게 막대한 돈을 바쳐서 혜택을 받으려고 한다거나, 많은 헌금을 바쳐서 교회의 높은 지위를 차지하려는 사람은 스스로 허리를 굽혀서 은총의 동굴 속으로 들어가는 것처럼 비굴한 짓을 하는 것이다.

# 저절로 찾아오는 행복이란 존재하지 않는다

우리는 지금 행복한가? 행복하지 않다면 행복은 언제 우리 곁에 오는 것일까? 사람들은 늘 행복의 시기가 오기를 고대하지만, 사람들이 고대하는 행복이란 찾아오지 않는다. 사람들은 현재의 불만과 고통이 사라지기를 기다릴 뿐, 행복을 맞이할 마음의 준비를 전혀 하지 않으면서 행복이 저절로 찾아오기만을 기다리고 있기 때문이다.

사람들은 행복이 늘 '산 너머 저쪽'에 있다고 말한다. 그러나 그것은 아주 옛날부터 인간의 마음속에 남겨진 유산이거나, 공상의 산물, 그릇된 추리의 결과에 불과할 뿐이다.

따라서 우리가 진정으로 행복을 원한다면 지금 행복을 맞이하기 위한 마음의 준비를 해야 한다. 그리고 고통이라는 대가를 지불해야 한다. 마음의 준비가 되어 있지 않는 사람에게 행복은 없다.

# 남의 불행을 기뻐하는 이유는 도대체 무엇인가

사람은 누구나 이웃의 불행을 보고 기뻐하거나 안심하게 마련이다. 특히 이웃이 겪고 있는 불행을 자기가 겪고 싶지 않을 때 '나는 정말 천만 다행이다'라고 생각하기 때문에 기뻐하는 것이다.

사람은 누구나 걱정이 있고, 질투나 고통이 있다. 어떤 사람은 늘 행복하고 어떤 사람은 늘 불행하기만 한 것은 아니라는 것을 알고 있기 때문에, 자신이 행복한 순간에도 남의 불행을 보면 어쩌면 자기에게도 그런 불행이 닥칠지 모른다는 불안감을 품게 된다.

타인의 불행을 보고 기뻐하는 마음이 생기는 이유는 바로 거기에 있다. 이웃이 갑자기 당한 불행한 사태를 자기 입장에 대입시켜 보면서 자기가 당할 수도 있었던 그 불행을 이웃이 대신 겪고 있다는 생각에 심리적으로 안도감을 느끼는 것이다.

또한 남의 불행을 잘 기억해 두었다가, 그와 똑같은 불행이 자신에게도 닥치게 되면 남의 불행과 자신의 불행을 비교해 본다.

과거의 남이 더 불행한지 지금의 자기가 더 불행한지, 똑같은 상황에서 자기가 더 나은지 남이 더 나은지 비교하는 것이다.

우리가 자신을 타인과 비교해 보는 마음이 없다면 타인의 불행에 대해 기뻐하는 마음도 없을 것이다. 사람들은 모두 평등을 지향하는 버릇이 있다. 나도 사람이고 너도 사람인데, 혹은 나와 너는 같은 나이인데, 똑같은 처지에 있었는데, 왜 너는 그런 행운을 얻고, 나는 왜 이런 불운을 겪는지 알 수 없다고 한탄한다.

하지만 그런 행운과 불운을 비교하는 과정에서 우리는 타인의 불행에 기뻐하는 심리 상태에 자연히 빠질 수밖에 없는 것이다.

## 나비와 비눗방울을 닮은
## 인간이 가장 행복하다

세상의 온갖 글들 가운데, 나는 오로지 피로 쓴 것만 사랑한다. 글을 쓰려면 당신의 피로 써야 한다. 그러면 피가 곧 정신임을 이해할 것이다. 다른 사람의 피를 이해하기란 그리 쉬운 일이 아니다.

그래서 나는 아무 행동도 하지 않은 채 남의 글이나 읽는 게으른 사람들을 미워한다. 남의 글이나 계속해서 읽고 있으면, 자신의 글은 물론이고 정신마저도 해를 입게 된다.

정신은 원래 신이었다. 이윽고 정신은 인간이 되었고, 지금은 하찮은 노예가 되었다. 피로써 글을 쓰는 사람은, 남들이 자기 글을 읽는 것이 아니라 외우기를 원한다.

두 산 사이의 가장 가까운 길은 두 산봉우리를 직선으로 연결한 것이다. 이 길을 가려면 우리는 매우 긴 다리가 필요하다. 피로 쓴 글은 산과 같다. 정신이 풍부하고 높게 성장한 사람만이 이러한 글을 이해할 수 있다.

거대한 산 속에 들어가면 공기는 맑지만 항상 위험이 도사리고 있듯이, 위대한 글에는 당신의 정신을 위협하는 위험이 기쁨과 함께 공존한다. 상반된 이 두 가지가 서로 잘 어울리는 것이다.

나는 용감하기 때문에 위험이 몰려와도 두렵지 않다. 또한 나는 이미 산정에 서서 발밑의 구름을 내려다본다. 나는 무거운 먹구름을 비웃고 있지만, 비겁한 자들에게는 이 구름이 폭풍우가 되어 몰아칠 것이다.

비겁한 자들이 위를 올려다볼 때, 나는 산정에서 아래를 내려다본다. 산정에 오른 사람은 모든 비극과 불운을 비웃는다. 태연하게 빈정대며 비극과 불운을 비웃어 주라고, 지혜의 여신이 우리에게 속삭인다. 지혜의 여신은 여자이므로 맹렬하게 싸우는 병사만을 언제나 사랑한다.

사람들은 삶이 견디기 어렵다고 투덜댄다. 사람들이 무엇 때문에 아침에는 희망을 갖고, 밤에는 체념하는가? 그렇다, 삶이란 견디기 어려운 것이다. 그러나 우리는 나약해져서는 안 된다. 우리가 고작해야 이슬 한 방울이 떨어졌다고 무서워 떠는 장미 꽃잎밖에는 안 된단 말인가? 우리는 모두 무거운 짐을 지고도 묵묵히 갈 길을 가는 당나귀가 아닌가?

우리가 삶을 사랑하는 까닭은, 삶의 타성 때문이 아니라 사랑이 늘 우리 곁에 있기 때문이다. 사랑에는 항상 광기가 들어 있다. 그러나 광기에는 항상 이성이 내재되어 있다.

인생을 사랑하는 나의 눈에는, 나비와 비눗방울, 그리고 이런 것들을 닮은 사람들이 가장 행복하게 사는 것으로 보인다. 이 가볍고 유쾌하고 생생한 작은 영혼들이 경쾌하게 생동하는 것을 볼 때, 내 입에서는 노래가 흘러나오고 두 눈에서는 눈물까지 흐른다.

나는 오직 뛰고 춤출 줄 아는 신만 믿을 것이다. 악마는 엄숙하고 심각하며 심지어 정중함마저 갖추고 있다. 이것이 바로 우리 영혼을 짓누르는 강압적 정신이며, 이로 인해 모든 존재가 파괴된다. 그러므로 우리는 이 강압적 정신을 제거해야 한다. 그것은 분노가 아니라 웃음으로 이룰 수 있다.

나는 걷는 법을 배웠다. 이를 통해 뛰어가는 법도 터득했다. 나는 날아가는 법을 배웠다. 이를 통해 나는 자유로워졌다. 나는 이제 그 어느 것보다 가벼워져서 땅 위를 날아다닌다. 이제 나는 내 아래 존재하는 나를 본다. 이제 나를 통하여 신이 춤을 춘다.

# 남에게 불만을 터뜨리는 것은 자신의 잘못을 감추려는 짓이다

자신의 불만을 다른 사람에게 터뜨리는 것은 결국 자신을 속이는 짓에 불과하다. 우리는 다른 사람의 실수나 결점에서 자신이 가진 불만의 원인을 찾으려고 애쓰지만, 사실 그것은 그런 행동을 통해서 자신을 잊으려는 노력일 뿐이다.

자신의 죄를 재판할 수 없는 재판관과 마찬가지로, 종교적으로 엄격한 사람일수록 다른 사람을 더욱 혹독하게 비난한다. 죄는 자신에게 돌리고 선행의 공적은 다른 사람에게 돌리는 성자는 지금까지 한 사람도 없었다. 붓다의 법도에 따라 자신의 선행은 숨기고 자신의 잘못만 남에게 드러내는 사람 역시 한 사람도 없다.

# 기다릴 수 있다는 것은
# 살 수 있다는 것이다

기다리는 일이란 참으로 어려운 것이다. 세계적 시인들도 기다림의 어려움을 시로 표현해온 것을 보면 알 수가 있다. 셰익스피어는 〈오셀로〉에서, 소포클레스는 〈아이아스〉에서 기다림에 관한 시를 썼다.

사람의 감정 가운데 정열은 기다리려고 하지 않는다. 위인들의 생애를 보면 대부분의 비극은 그들이 어떤 일을 1년이나 2년쯤 미루지 못했기 때문에 발생했다. 그들의 비극은 다른 갈등에서 온 것이 아니라 기다리지 못한 데서 왔다.

결투할 때에도 기다릴 수 있느냐 없느냐 하는 것이 가장 중대한 문제가 된다. 결투의 당사자들은 한결같이 기다리지 못한 채, '내가 살기 위해서는 저놈이 즉시 죽어야 한다. 그렇지 않으면 내가 죽어야 한다'고 말한다. 그런 경우에는 기다리는 기간 내내 불명예 때문에 지독한 괴로움에 시달려야 한다. 그렇게 고통에 시달릴 바에는 차라리 죽는 편이 더 나을지도 모른다.

기다림은 이처럼 목숨마저 걸린 일이다.

# 시대가 자신을 몰라준다는 자만심에 빠지지 말라

사람이 자기가 죽은 후 먼 장래까지 남들에게 인정받기를 기대하는 것은 결국 인류는 영원불멸하며 위대한 업적은 시대를 초월해서 빛난다고 믿을 때에만 가치가 있다. 그러나 그것은 잘못된 생각이다.

인류 역사를 보면 세대가 바뀌면서 모든 판단 가치가 수없이 변해 왔다. 당대에는 역사적으로 위대한 업적으로 평가받던 것들이 후대에는 무모하고 헛된 일로 평가받는 일들이 얼마나 많은가. 자기는 늘 다른 사람들보다 앞서간다거나, 자기의 생각과 행동은 너무 앞서가고 있기 때문에 후세 사람들에게나 인정받을 것이라고 자부하는 것은 헛된 망상일 뿐이다.

학자나 예술가들 가운데는 비록 지금은 인정받지 못하더라도 후세의 언젠가는 남들이 자신의 진가를 발견하여 인정해 줄 것이라는 기대를 품는 사람들도 있다. 그러나 후세 사람들은 그가 당대에 인정받지 못한 것은 그의 재능이나 실력이 부족했기 때문이라고 여길 뿐이다.

그러므로 이러한 종류의 자만심을 애써 옹호하지 말라. 물론 예외도 있지만 대개의 경우는 바보들이나 그런 말을 한다.

# 진정한 친구란
## 이 세상에 없다

한번 깊이 생각해 보자. 내가 가장 친하다고 믿었던 친구가 나와 얼마나 다른가를 말이다. 그 친구와 나는 여러 문제들에 관해 의견이 일치한다고 믿고 있지만, 엄밀히 따져 보면 얼마나 서로 다른가를 알 수가 있다.

그뿐만 아니라 그 친구가 나에 대한 의심과 적의를 감추고 있었다는 사실도 때로는 드러난다. 그래서 이렇게 자문할 것이다. '우리의 우정과 유대는 얼마나 취약하고 불안한 것인가. 그것은 마치 먹구름과 찬 비가 들이닥쳐서 둘 사이를 순식간에 갈라놓고 서로를 고립시키는 것과 마찬가지가 아닌가.'

둘 사이에 때로는 함께 공감하고 공유할 수 있는 것들이 있을 수 있지만, 근본적으로는 모든 일에서 하나가 될 수 없으며, 두 사람의 관계에는 어떤 필연성도 책임이나 의무도 사실상 없다는 것을 깨닫게 되면 우리는 이런 말을 하게 된다.

'친구는 없다.'

친구 사이에는 늘 착오와 착각이 발생한다. 우정을 잘 유지하기 위해서 우리는 친구에 대해 침묵할 줄 알아야 한다. 모든 우정은 '입 밖에 내서는 안 되는 일, 혹은 내가 관여해서는 안 되는 문제들'을 덮어 둬야 할 경우가 너무 많기 때문이다.

친구에게 '내가 이런 말도 못 하면서 무슨 친구라고 할 수 있느냐, 혹은 그런 일에 끼어들지도 못하면서 어떻게 우리가 친구냐'라고 주장한다면 우정은 유지될 수 없다. 그런 일 때문에 조금씩 마음에 금이 가기 시작하면 결국 우정은 깨지고 만다.

가장 절친한 친구라고 믿던 사람이 자기 생각과는 전혀 반대되는 생각을 하고 있었다는 것을 깨달은 뒤 치명적인 배신감과 상처를 입지 않을 사람이 어디 있는가.

우리는 가장 친한 친구의 경우뿐만 아니라 평범한 인간관계에서도 각자 서로 의견이 다르고, 시간과 장소에 따라 기분과 균형 감각을 회복하면서 관계를 유지하고 있을 뿐이다. 친구도 거기서 예외일 수 없다.

우리는 자기 자신에게는 지나치게 관대하면서도 남에게는 그렇지 못하다. 그것은 친구에게도 마찬가지다. 그래서 세상의 많은 현자들이 '친구는 없다'는 말을 남겼다. 그런데도 우리는 친구에게 '적이란 없다'고 지금도 바보처럼 외치고 있는 것이다.

# 좋은 친구는 깊은 침묵으로
## 마음을 헤아릴 수 있어야 한다

세속을 떠나 자신의 내면 세계에 가라앉은 사람들에게
는 친구가 필요 없다. 그들은 "내 주위에 친구가 한 명 있는 것
도 너무 많다"고 말하고, 자기 자신과 나누는 대화에 더욱 몰입
한다. 그런 사람들에게 친구란 자신과의 대화를 방해하는 존재
일 뿐이다. 타인을 믿고 의지하는 것은 자신에 대한 신뢰를 방
해하는 것이다.

그럼에도 친구를 얻고 싶다면, 친구를 위해 싸우지 않으면 안
된다. 친구를 위해 싸우려면 그의 적이 될 수도 있어야 한다. 또
한 그를 적으로 여기면서 존경할 수도 있어야 한다. 친구에게
모든 것을 걸 때 비로소 진정한 친밀함이 생길 수 있다.

그러나 친구에게 자신을 있는 그대로 모두 보여 준다면, 그가
반기기는커녕 오히려 당신을 혐오할 것이다. 신이 아닌 이상,
자신을 조금도 숨기지 않고 드러내는 사람은 남에게 혐오감을
일으킨다.

잠자는 친구의 얼굴을 본 적이 있는가? 깨어 있을 때의 그의

얼굴은 어떤가? 거칠고 보잘것없는, 거울에 비친 바로 당신의 얼굴이 아닌가?

깊은 침묵으로 상대의 마음을 헤아릴 수 있어야 좋은 친구라 할 수 있다. 친구의 모든 것을 다 보려고 해서는 안 된다. 친구에 대한 동정은 딱딱한 껍질 안쪽에 숨기라. 그리고 그것을 쥐어짜면 한없이 단맛이 우러나올 것이다.

당신은 친구에게 맑은 공기이자 고독, 빵이자 약이 되고 있는가? 사람은 자신을 옭아매는 쇠사슬은 깨지 못하면서도 친구에게는 원조의 손길을 뻗게 마련이다.

노예 같은 사람은 친구가 될 수 없고, 폭군 같은 사람은 친구를 얻을 수 없다. 그런데 여자들의 마음속에는 노예도 폭군도 모두 들어 있다. 여자들은 오직 사랑을 알 뿐이다. 여자의 사랑 속에는, 자기가 사랑하지 않는 것에 대한 편견과 무지가 들어 있다. 따라서 여자들은 친구를 얻을 수 없다. 여자들은 언제까지나 고양이거나 새, 그렇지 않으면 암소일 뿐이다.

그렇다면 남자들은 어떤가? 남자들의 영혼도 초라하고 탐욕스러울 뿐이다.

사람들이 친구에게 베푸는 것을 나는 차라리 적에게 주겠다. 그렇다고 해서 내가 더 초라해지지는 않을 것이다.

# 남자의 행복은 '내가 원한다'는 것이고 여자의 행복은 '그가 원한다'는 것이다

여자란 수수께끼 같은 존재이다. 그러나 여자에게는 한 가지 분명한 것이 있다. 그것은 바로 임신이다. 여자에게 남자는 하나의 수단일 뿐, 여자의 목적은 언제나 아이다.

그렇다면 남자에게 여자란 무엇인가? 남자는 삶에서 두 가지를 즐기려 한다. 하나는 위험이고, 또 하나는 유희다. 그래서 남자는 여자를 가장 위험한 유희 상대로 소유하려 드는 것이다.

여자란 남자는 이해하지 못하면서도 아이는 잘 이해하는 존재다. 그러나 남자란 원래 아이 같은 법. 남자의 마음속에는 장난치고 싶은 아이가 언제나 숨어 있다. 그러니 여자들이여, 남자 속에 숨은 아이를 찾아내라.

여자는 남자에게 보석처럼 빛나는 맑고 깨끗한 유희 상대가 되어 주어야 한다. 가슴에서 눈부신 별빛을 발산하라. 그리고 평범한 인간을 초월할 위대한 아이를 낳겠다는 희망을 품으라.

남자는 여자를 명예롭게 사랑해야 한다. 사랑을 받기보다는 베풀라. 사랑에 있어서는 결코 둘째가 되지 않는 것을 당신의 명예로 삼으라.

그러나 여자가 당신을 사랑하기 시작하면 그 여자를 두려워해야 한다. 사랑에 빠진 여자는 모든 것을 바치려 하고, 사랑 이외에는 모두 무가치하다고 여긴다. 반면에 여자가 당신을 미워하기 시작할 때도 역시 그 여자를 두려워해야 한다. 남자의 속마음이 악하다면, 여자의 속마음은 비열하기 때문이다.

여자가 누구를 가장 증오하는지 아는가? 쇠가 자석에게 이렇게 말했다. "너는 나를 끌어당기지만 나는 너를 끌어당길 힘이 없다. 그래서 나는 너를 가장 증오한다."

남자의 행복은 '내가 원한다'는 것이다. 그러나 여자의 행복은 '그가 원한다'는 것이다.

모든 여자는 자신의 사랑을 전부 바칠 때 비로소 세상이 완전해졌다고 생각한다. 그러므로 여자는 남자에게 복종해야 한다. 여자의 마음은 얕은 개울의 찰랑거리는 수면과 같다. 그러나 남자의 마음은 땅 속 깊은 곳에서 소리를 내는 동굴과 같다. 여자는 남자의 마음이 그처럼 깊다고 느끼면서도 이해는 하지 못한다.

# 연애는 순간적인 어리석음이지만 결혼은 영원한 어리석음이다

당신의 영혼이 얼마나 깊은지 알아보려고 나는 질문을 하나 던지겠다.

당신은 젊다. 그래서 자녀를 원하고, 결혼을 원한다. 그렇다면 당신은 아이를 원할 자격이 있는가?

당신은 승리자인가? 자신을 극복한 사람인가? 육욕을 지배하는 사람인가? 자신이 지닌 미덕의 주인인가?

그렇지 않다면, 결혼과 아이를 바라는 것은 당신 안에 숨어 있는 동물적 본능과 이기심이 소리치는 것이 아닌가? 아니면 고독이, 혹은 자신에 대한 불만이 몸부림치는 것 아닌가?

나는 당신의 승리와 자유가 아이를 갈망하기를 바란다. 당신은 자신의 승리와 해방을 위해 산 기념비를 세우되, 자기 자신을 초월하여 세워야 한다. 그러나 그보다 앞서서 당신의 육체와 영혼이 바로 서야 한다.

많이 낳기를 바라지 말고, 보다 높은 차원의 영혼을 지닌 아이를 낳기를 원하라. 최초의 움직임이며, 스스로 굴러가는 바퀴이며, 고독한 창조자를 낳으라.

결혼은 자신보다 더 나은 자녀를 낳으려는 두 사람의 의지의 결합이다. 이것이 결혼의 의미와 진리가 되어야 한다.

그러나 수많은 사람은 이런 결합을 결혼이라고 하지 않는다. 빈약한 두 영혼의 결합, 두 육체의 천하고 가련한 향락, 이런 것을 결혼이라 부르고, 하늘에서 맺어 준 것이라고 말한다.

그래서 나는 이 하찮은 사람들의 하늘나라를 좋아하지 않는다. 또한 하늘나라의 그물에 걸린 이 짐승들도 좋아하지 않는다. 자신이 짝지어 주지도 않은 한 쌍을 축복하려고 절룩거리며 다가오는 신도 나는 환영하지 않는다.

이런 결혼을 누가 비웃지 않겠는가. 자신의 부모가 치른 이런 결혼을 통탄하지 않을 자녀가 어디 있겠는가.

품위가 있고 이 대지의 의미도 잘 안다고 믿었던 한 남자가 결혼을 했다. 그러나 그의 아내를 만나 보았을 때, 나는 이 대지가 정신병원이 아닌가 하는 생각이 들었다. 성자가 거위와 결합할 때, 나는 차라리 이 대지가 뒤틀리고 갈라지기를 바란다.

영웅처럼 진리를 찾아 나선 한 남자는 결국 곱게 치장된 허위를 찾았다. 그것을 그는 결혼이라고 불렀다.

어떤 남자는 아무 여자나 마구 사귀지 않고 신중하고 주의 깊게 행동했다. 그러나 엉뚱한 결합으로 자신의 미덕을 단숨에 망쳐 버리고, 그것을 결혼이라고 불렀다.

또 어떤 남자는 천사의 미덕을 지닌 여자를 만났지만, 순식간에 그 여자의 종이 되어 버렸다. 그리하여 자신이 천사가 되어야만 했다.

모든 사람이 결혼에 대해 조심한다. 그리고 신중하다 못해, 계산적이기까지 하다는 것을 알고 있다. 그러나 이 계산에 빠른 사람들조차 자기 아내를 선택할 때는 포장지를 뜯어 보지도 않은 채 물건을 사듯 무책임하게 선택을 한다.

수많은 순간적 어리석음을 사람들은 연애라고 부른다. 그리고 결혼으로 그 순간적 어리석음을 끝낸다. 그러나 그것이 영원한 어리석음의 시작인 줄은 모른다.

남녀간의 사랑이 아직 알려지지 않은 고뇌하는 신들에 대한 동정이라면 얼마나 좋겠는가! 그러나 결혼이란 대부분이 두 마리 짐승의 결합에 불과하다.

최고의 사랑마저도 약간 황홀하고 고통스러운 열정일 뿐이다. 그러나 그것은 당신에게 보다 고차원의 길을 비추어 줄 횃불이 될 수 있다.

언젠가 당신은 자신을 초월하여 사랑해야 한다. 그러므로 우선은 사랑하는 법을 배우라. 그러기 위해 사랑의 쓴 잔을 비워야 한다. 최고의 사랑이라 해도 그 잔은 쓰디쓰다. 바로 그렇기 때문에 이 사랑은 자신을 극복하고 초월한 '초인'에 대한 동경, 창조자가 되려는 갈망을 당신에게 심어 준다.

창조자가 되려는 갈망, 초인에 대한 동경, 이것이 바로 당신이 결혼하려는 이유이며 의지인가? 그렇다면 나는 그러한 의지와 결혼은 신성하다고 말하겠다.

# 살아야 할 때 살고
# 죽어야 할 때 죽으라

대부분의 사람은 너무 늦게 죽고, 극히 일부는 너무 일찍 죽는다. 그래서인지 '죽어야 할 때 죽어야 한다'는 말이 새삼스럽게 들린다. 말할 것도 없는 것이지만, 살아야 할 때 살지 못하는 사람이 어떻게 죽어야 할 때 죽을 수 있겠는가? 그런 사람은 차라리 태어나지 않았어야 한다.

그러나 하찮은 사람들마저 자신의 죽음은 큰 사건으로 여긴다. 이것은 속이 빈 호두가 깨질 때 큰 소리를 내는 것과 같다. 사실 누구나 죽음을 큰 사건으로 여기지만 죽음은 아직 축제가 되지 못하고 있다. 사람들은 최대의 축제를 어떻게 치러야 좋을지 아직 배우지 못했다.

사람은 죽는 법을 배워야 한다. 그래서 나는 살아 있는 사람들에게 진정한 죽음의 방법을 가르쳐 주려 한다. 자기를 완성한 사람은 다른 사람들에게 둘러싸여 칭송과 영광 속에 죽는다. 이것이 최상의 죽음이다. 그 다음의 것은 전쟁터에서 싸우다가 자신의 위대한 영혼을 소멸시키는 용사의 죽음이다.

그러므로 자신을 완성한 사람과 용사는 도둑처럼 기어들어와 주인인 양 자리 잡는 추한 꼴의 죽음을 경계해야 한다. 자진해서 맞이하는 자유로운 죽음, 그 방식으로 죽어야만 한다.

그러면 언제 죽음을 원해야 하는가? 목표와 후계자를 갖춘 사람은 그 목표와 후계자를 위해 죽어야 할 때 죽음을 원할 것이다. 그는 목표와 후계자를 존중하기 때문에, 시들어가는 꽃인 자신의 육체를 삶의 신전에 더 이상 두려고 하지 않을 것이다.

나는 굳이 장수를 누리려 애쓰지 않는다. 조금이라도 더 오래 살려고 애쓰는 사람일수록 인생행로에서는 퇴보하고 있다. 또한 자신들의 진리와 승리를 위한다는 구실로 너무 오래 사는 사람들도 많다. 그러나 이빨 없는 입은 더 이상 진리를 말할 힘도 없다.

명예를 지키려면 누구나 적절한 시기에 명예를 벗어 버리는 힘든 연극을 하지 않으면 안 된다. 음식은 가장 맛있을 때 먹기를 그쳐야 한다. 언제까지나 사랑받기를 원하는 사람은 이 진리를 잘 알고 있다.

그러나 늦가을의 마지막 날까지 기다려야만 하는 신 사과와 같은 운명도 있다. 그런 운명의 사람은 익자마자 누렇게 시들어 버린다. 감정이 가장 먼저 시드는 사람이 있는가 하면, 정신이 먼저 시드는 사람도 있다. 그래서 늙은이 같은 젊은이도 있고, 오래 오래 젊음을 유지하는 사람도 있다.

사람들은 대부분 인생에 실패한다. 독충이 그들의 심장을 파먹고 있으므로, 죽음이란 그들에게 오히려 다행스러운 일이다. 또한 제대로 익지도 못한 채 여름에 일찍 썩어 버리는 사람도 많다. 그런 사람들이 가지 끝에 매달려 떨어지지 않으려고 안간힘을 쓰는 것은 비겁한 짓이 아닌가?

세상에는 지나치게 많은 사람이 살고 있고, 또한 그들은 너무 오랫동안 가지 끝에 매달려 있다. 이 썩은 과일, 벌레 먹은 과일들을 나무에서 흔들어 모조리 떨어뜨려 버릴 폭풍이 불어오기를 나는 바란다.

하루 빨리 죽는 것이 낫다고 사람들에게 설교하는 사람이 나타난다면, 그는 참으로 삶의 나무에서 썩은 과일들을 말끔히 제거해 주는 폭풍이자 격동의 힘이 될 것이다. 그러나 사방에는 온통 오래 오래 살라, 현실에 순응해서 살아가라고 설교하는 사람들뿐이다.

오래 살라고 설교하는 자들이 숭배하는 저 유대인은 너무나 일찍 죽었다. 그는 죽기 전에 더 많은 것을 깨달아야만 했다. 그러나 그는 선량한 사람들과 정의롭다고 자부하는 사람들의 증오, 그리고 유대인들의 슬픔과 고통을 간신히 깨달았을 뿐이다.

그가 만일 선량한 사람들과 정의롭다고 자부하는 사람들로부터 멀리 떨어진 황야에 머물러 있었더라면 삶이 무엇인지 배웠을 것이다. 대지를 사랑하는 법도 배웠을 것이다. 그리하여 다시 웃는 법도 배웠을 것이다.

참으로 그는 너무나도 일찍 죽었다. 그가 내 나이까지만 살았더라도 자신이 과거에 가르친 것을 취소했을 것이다. 그는 그렇게 할 만큼 고매한 인물이었다.

그러나 그는 너무 젊고 미숙했다. 젊은이가 섣불리 사랑에 빠지듯, 그는 인간과 이 지상을 섣불리 배척했다. 젊은 그의 마음은 아직도 혼미했고, 젊은 그의 정신의 날개는 아직 묶여 있었다.

그러나 어른의 마음은 젊은이의 마음보다 그 속에 더 많은 아이가 깃들어 있기에 한층 더 밝은 법이다. 따라서 어른은 죽음과 삶에 대해 더 잘 알고 있다.

죽음에 대한 자유와 죽음에 깃든 자유를 알며, '예'라고 수긍할 시기가 아닐 때 성스럽게 부정하는 사람, 그 사람이야말로 삶과 죽음에 대해 잘 알고 있는 것이다.

우리의 죽음이 인간과 지상에 대한 저주가 되어서는 결코 안 된다. 죽음 속에 깃들인 우리의 정신과 미덕은 지상을 뒤덮는 저

녁놀처럼 빛나야 한다. 그렇지 못하면 그 죽음은 잘못된 것이다.

나는 나를 낳아 준 지상에서 안식을 얻기 위해 다시금 지상으로 돌아가고 싶다. 그리하여 사람들이 나를 위해 이 세상을 한층 더 사랑하게 만들고 싶다.

나에게는 목표가 있다. 그리고 그 공을 던졌다. 여러분은 나의 목표를 달성할 후계자들이다. 나는 여러분을 향해 황금의 공을 던지겠다. 그리고 나는 무엇보다도 여러분이 그 황금의 공을 던지는 것을 보고 싶다. 그래서 나는 잠시 세상에 머물러 있으려 하는 것이니, 그 점을 이해해 주기 바란다.

# 2

영혼은 왜 단련되어야 하는가

NIETZSCHE

## 선은 힘이고
## 악은 무기력이다

선이란 힘(권력)을 가지려는 마음이다. 그것은 힘에 대한 애착, 힘을 향한 의지, 그리고 힘을 강화시켜 주는 모든 것을 말한다.

그렇다면 악은 무엇인가? 악이란 힘의 반대 개념인 무기력을 말한다. 무기력 때문에 인간에게 닥치는 모든 불행은 악이 된다.

인간은 선을 추구한다. 행복도 자신의 힘이 증가하는 것을 느끼는 감정이다. 어떤 힘에 대한 저항이 극복될 때 인간은 행복을 느낀다.

그러므로 인간에게 힘이 없다거나 약하다는 것은 악이고 불행이다. 따라서 약자는 마땅히 사라져야 한다. 악의 처단, 즉 약자의 몰락은 인간에 대한 사랑의 첫 번째 명제가 되어야 한다.

이처럼 선이라는 권력을 통해서 행복을 추구하는 인간에게는 약자를 동정하는 것처럼 악을 조장하는 일은 없다. 그렇다면 약자에게 동정을 베푸는 그리스도교는 과연 선을 추구한다고 말할 수 있는가?

# 동정심은 무기력을 옹호하여 인간의 삶을 위태롭게 만든다

동정심이 인간의 삶을 위태롭게 만든다는 사실은 분명하다. 동정심은 인류의 발전을 저해해 왔으므로, 바꾸어 말하면 도태의 원인인 것이다. 동정심은 또한 인간에게 파괴와 몰락을 조장함으로써 삶을 향유할 권리마저 잃게 한다. 물론 그것은 이미 지상에서 나약한 존재로 단죄된 자들을 지키기 위해 싸워야 하는 사태로까지 확대되었다.

이처럼 동정심은 삶의 낙오자가 되지 않으려 발버둥치는 모든 종류의 무기력한 자들을 포용함으로써 인간의 삶 전체를 음울하고 괴이한 모습으로 바꾸어 버렸다. 그런데 고약하게도 사람들은 그런 동정심을 미덕이라고 칭송하고 있다. 그러나 모든 고차원적 도덕에서는 동정심이 악한 것으로 묘사되어 있다.

쇼펜하우어도 동정심 때문에 인간의 삶이 부정된다고 솔직하게 말했다. 동정심이란 이렇게 허무주의자들의 보호막이다. 그런 보호막의 강한 전염성이 생존 본능과 가치 향상 본능을 저해하고 있다.

동정심은 허무를 옹호하려 들지만 사람들은 동정심을 허무라고 말하지 않고 피안이나 열반으로 가는 길, 혹은 그 자체가 선, 참된 삶이며 구원과 축복이라고 말한다.

　교회는 그렇게 자비나 동정심을 신성화한 다음, 다른 모든 견해의 가치를 인정하지 않으려고 했다. 그처럼 신학자들의 가치판단이 뒤바뀐 결과, 인간의 삶 자체를 긍정하고 삶의 질을 높이는 일은 허위라고 못 박고, 군주나 신학자들은 교회와 신을 통해 권력을 계속 장악하고 유지하기 위하여 인간의 강력한 본능 의지를 계속 악으로 몰면서 '종말론적 의지'와 세상의 허무주의를 자신들의 권력 의지로 삼았던 것이다.

　독일인들은 철학이 신학자들 때문에 황폐해졌다는 말의 뜻을 이해할 것이다. 개신교 목사들은 독일 철학의 원조이자 독일 철학을 망친 장본인들이다. 개신교의 가르침에 대한 정의를 내리라고 한다면, 나는 이성의 반신불수라고 말하고 싶다.

# 인간은 다른 동물보다 뛰어나다고
## 착각하고 있을 뿐이다

인간을 동물의 위치로 되돌려 놓고 보자. 인간은 지구상의 동물 중에서도 가장 강하고 교활하다. 그러나 인간들은 동물 진화의 최고 단계가 인간이라는 자만과 허영심에서 벗어나야 한다. 다시 말해서 인간은 창조의 최종 목표가 결코 아니라는 것이다.

모든 생물은 이 세상에 살기 위해 갖추어야 할 조건을 완벽하게 갖춘 완전한 개체이다. 즉, 각 생물은 모두 똑같은 단계와 수준에 도달했다는 것이다. 원숭이는 원숭이로서 완벽하고, 물고기는 물고기로서, 곤충은 곤충으로서 생존의 완벽한 생리 구조를 갖추고 있다. 오로지 인간만이 날개가 없는 것을 한탄하고 새를 부러워할 뿐이다. 그러나 새는 인간이 존재한다는 사실조차 의식하지 못한다. 그러니까 새가 인간을 부러워할 리가 없다.

동물들과 냉정하게 비교해 보면 인간은 상대적으로 훨씬 병약하고, 선천적 본능을 가장 많이 잃어버렸기 때문에 가장 위험한 상태에 있는 동물이다.

데카르트는 동물을 하나의 기계로 해석했다. 현대의 생리학은 그런 명제를 증명하는 데 도움이 되고 있다. 사람도 동물인 이상 그 논리에서 벗어날 길이 없다. 자유의지가 있다는 이유로 다른 동물과 차별화하려고 했지만, 지금은 그 자유의지마저 없다. 의지란 이미 작용하는 것도, 움직이게 하는 것도 아니다. 자유의지 때문에 인간이 동물과 다르다는 말은 의미가 없다.

전에는 인간에게 고차원적인 혈통이 있고, 신성의 증거가 있다고 보았다. 그래서 사람은 동물과 다르다고 생각했다. 하지만 종교는 인간을 완성시킨다는 명분 아래 모든 감각의 기능을 억압하고, 현실과의 교류를 피하도록 했으며 육체마저도 버리라고 말했다.

그리고 남은 문제는 정신의 수양이다. 하지만 정신 수양만으로는 인간이 완전해질 수 없고, 동물과 차별화되지도 않는다. 정신 수양을 통해서 이룰 수 있는 '순수한 정신'이란 '완전한 바보'라는 말에 지나지 않는다.

인간을 논하려면 다른 동물들의 경우와 마찬가지로 신경 조직, 감각 기관들, 육체 자체 등 모든 것을 포괄적으로 논해야만 한다. 그런데 인간은 자신이 다른 동물과 다르다고 착각하고 있다. 단지 그뿐이다.

# 과거를 답습하고 모험을 피하여 선량한 사람이 되고 싶은가

우리는 강하고 선량한 사람을 좋아한다. 그러나 나는 그런 사람을 식견이 좁고 노예 본능이 습관처럼 굳어져 버린 사람이라고 말하고 싶다.

강한 사람이란 우리 눈에 그렇게 비쳐진 것일 뿐이다. 그들의 심리적 구조를 따져 보자. 그런 사람은 무슨 일이든 전에 있었던 일을 똑같은 동기에서 시작하는 경향이 있다. 누구나 다른 사람이 하던 대로만 하면 그 행위는 강한 힘을 발휘할 수 있다. 한마디로 이미 검증된 일만 실행하는 사람은 그 일을 하는 데 자신감도 붙고 다른 사람들에게 인정도 받을 수 있다. 그래서 그 일을 강하게 밀어붙일 수가 있기 때문에 강하다는 평가를 받는다.

그러나 그런 사람은 여러 가지 행동의 가능성이나 방향에 대해 경험과 지식이 결핍되어 있고 식견이 좁은 데다가, 유연성이 없고 자유로운 결단도 어려울 뿐이다. 당연히 선택의 폭도 무척 좁다. 물론 선택도 본능과 필연성에 따라 하게 될 것이다.

그런 사람은 대체로 두 가지 가능성만 선택하게 되므로 머뭇거릴 필요가 없다. 사람들도 그런 사람이 하는 일을 지지하는 편이다. 그것은 부모님이 하라는 대로 하면 착하다는 말을 듣는 것과 같다. 부모가 밀어 주는 일은 강하게 밀어붙일 수도 있다. 실패하더라도 비난을 받을 염려가 없기 때문이다.

이렇게 사람들은 습관을 반복하도록 교육받는다. 그리고 그처럼 선택의 폭이 거의 없는 비좁은 틀에 충실한 아이들을 우리는 착하다고 말한다.

여기서 말하는 습관의 틀에는 네 가지의 기준이 있다.

첫째, 영속되는 것은 모두 정당하다. 둘째, 우리에게 짐이 되지 않는 것은 모두 정당하다. 셋째, 우리들에게 이득을 주는 것은 정당하다. 넷째, 우리가 희생을 바친 것은 모두 정당하다. 그래서 국민의 의사를 무시하고 전쟁을 일으켜도 희생을 바치면 감격적으로 이를 수행할 수 있게 되는 것이다.

그러나 이런 식으로 얻은 정당성과 이러한 행위의 반복으로는 발전할 수가 없다.

# 행위는 약속할 수 있지만 감정은 약속할 수 없다

우리는 행위에 대해서는 약속할 수 있지만 감정에 대해서는 약속할 수가 없다. 감정은 내 의지대로 되는 것이 아니기 때문이다. 어떤 사람이 언제까지나 누구를 사랑하겠다든가 미워하겠다든가, 또는 영원히 충성을 바치겠다고 약속한다면, 그는 자기 힘이 미치지 못하는 것을 약속하는 것에 불과하다.

모든 행위에는 그 행위를 가능하게 만드는 여러 가지 동기와 방식이 있다. 내 마음 같아서는 반드시 약속을 지키고 싶지만 그 약속을 지키기 위한 행위를 보장해 주는 조건이나 방법이 바뀌면 지킬 수가 없다.

한 남자가 한 여자를 영원히 사랑하겠다고 약속하는 것도 사실상 의미 없는 말이 될 수 있다. 만일 그런 말이 가능하다면 우리는 이렇게 약속하는 셈이 된다. '내가 그대를 사랑하는 한, 나는 그대에게 사랑의 행위를 실제로 증명해 보일 것이다. 그러나 혹시 내가 그대를 사랑하지 않게 되었을 때라도 그것이 어떤 이유나 동기에서 왔다 해도 그대는 나의 사랑을 계속 받게 될 것이다. 사랑의 행위를 실증해 보일 수는 없게 되었지만 내가 그대를 사랑하는 마음은 변하지 않고 늘 똑같기 때문이다.'

사랑하는 사람이 상대방을 실제로 사랑했느냐 사랑하지 않았느냐는 사랑을 주고받는 당사자밖에는 확인할 수가 없다. 그리고 사랑의 행위가 실제로 이루어지지 않았다면 그것은 사랑한 것이 아니고 다만 주위 사람들에게 그들이 계속 사랑하고 있는 것처럼 보일 뿐이다.

그렇다면 당신이 누군가에게 '당신을 영원히 사랑하겠다'고 약속하는 것은, 스스로 자기 자신을 속이는 것이 아니라면, 그것은 상대방에게 행위가 아니라 당시의 그런 감정을 약속하는 것이기 때문에 사실상 무의미하다.

# 질투보다 분노가
## 차원 높은 감정이다

너와 나는 대등하다고 늘 생각하고 있을 때, 나도 상대방도 대등하다는 것을 서로 인식하고 인정하는 관계가 지속되고 있을 때, 어느 한쪽의 우월성이 두드러져서 그 균형이 깨지게 되면, 다른 쪽은 질투하게 된다.

그런 경우 질투하는 쪽은 상대방을 원래의 균형 상태로 끌어내리려 하거나 자신을 상대방의 높이로 끌어올리려고 행동한다. 여기에 두 종류의 상반된 행동 방향이 생기는 것이다. 또한 그처럼 대등한 상태에서는 한쪽의 지위나 위치가 낮아지고 한쪽이 높아지면, 낮아지는 쪽이 분노한다.

이러한 분노의 감정은 질투심보다 차원이 높은 것이다. 분노는 인간의 의지만으로는 정의와 공정성이 보장될 수 없다는 사실에 대해 한탄하는 감정이다. 또한 인간이 인정하는 대등성이란 자연과 우연에 따라서만 성립될 뿐이라는 사실, 그리고 대등한 자가 대등한 대우를 받지 못하게 된 것을 개탄하는 감정이다.

# 우리는 남이 지은 죄를
## 용서할 권리가 없다

우리는 남을 용서할 수 없다. 상대방이 누군지도, 무엇을 하는 사람인지도 모른다면 더욱 그러하다. 우리는 남을 용서하라는 말을 많이 들었지만 도대체 우리가 어떻게, 남의 어떤 죄를 용서할 수 있단 말인가.

더구나 사람은 자기도 자신을 모른다. 내가 나도 모르는데, 하물며 남을 어떻게 알고 용서를 한단 말인가. 나 자신도 모르고 남도 모르는 한, 그래서 그것이 의문으로 남아 있는 한, 사려 깊은 인간에게는 남을 용서하는 일이 사실상 불가능하다.

그러나 용서할 수 있는 경우가 한 가지는 있다. 만일 잘못을 저지른 사람이 자기 잘못을 확실히 잘 알고 있다면, 어떤 형식으로든지 그를 처벌할 권리를 가진 사람만이 그를 용서할 권리를 갖게 될 수도 있을 것이다.

그러나 그런 경우에도 죄를 어느 정도 사면해 주고 어느 정도 처벌할 것인지를 결정할 권리는 사실 없다.

# 공정한 사람이 되려면 냉정한 용기가 필요하다

나에게 가장 부족한 것이 무엇인지 깨닫게 된 것은 최근의 일이다. 그것은 공정성이었다. 나는 이렇게 자문해 보았다.

'공정하다는 것은 무엇인가? 그리고 공정하다는 것은 정말 가능한가? 그리고 만일 공정하기가 불가능하다면 우리는 어떻게 삶을 참고 견딜 수 있을 것인가?'

나는 공정성을 따지고 파고들수록 나 자신에게 공정성이 결여되어 있다는 것을 깨달았다. 뻔뻔스럽기 짝이 없는 온갖 열정이 나를 심한 불안에 빠뜨렸다. 우리가 말하는 사려 깊은 행동은 도대체 어디에서 찾아볼 수 있는가? 광범위한 통찰력에 기초를 둔 사려 깊은 판단과 행동은 과연 존재하는 것일까?

나는 공정성 하나만은 갖추기로, 용기를 내서 실천해 보기로 작정했다. 매우 오랫동안 혹독한 자기 극복의 과정을 거치면서 그것을 지켜 준 것은 바로 냉정함뿐이었다. 그토록 많은 일들에 대해, 그것도 너무 뒤늦게, 자기 반성과 고백을 할 수 있었던 것도 결국은 나의 용기와 냉정함 덕분이었다.

어떤 사람이 공정하다는 것은 그가 용기가 있을 뿐만 아니라 동시에 냉정함도 구비하고 있다는 뜻이다. 결국 냉정함만이 공정성을 지켜 줄 수가 있다.

# 종교와 형이상학을 어떻게 이해할 것인가

교회와 신학자들이 한때는 마치 성서에 성령이 깃들어 있는 듯이 가르쳤다. 그래서 성서는 하느님의 말씀이 기록된 책이고, 그 책 자체에 성령이 깃들어 있으므로 성서를 함부로 취급해서는 안 된다고 말했다. 자연의 물체인 종이에 성령이 스며들어 있다는 해석이 바로 그런 형이상학적 오류를 저지르게 만든 것이다.

그러나 그 같은 그릇된 해석은 현재도 아직 완전히 극복되지는 못한 상태에 있다. 문명이 고도로 발달되고 교양이 풍부한 사회에서조차 그런 우화적 신비감을 조성하려는 잔재가 여전히 남아 있는 것이다.

물론 형이상학적인 세계가 있을지도 모른다는 그 가능성에 대해서는 논쟁의 여지도 없다. 왜냐하면 인간은 모든 사물을 두뇌를 통해서만 인식할 수 있기 때문에 두뇌의 상상력을 막을 수는 없는 것이다. 우리는 두뇌 이외에 인식할 수 있는 다른 수단이 없기 때문에 두뇌를 없앨 수도 없고, 무시할 수도 없다.

가령 인간의 두뇌를 배제시켜 보자. 그러면 세상에는 아무것도 존재하지 않는다. 인식이 없는 한, 있다 없다 하는 것조차 존재하지 않는다. 세상에 어떤 것이 존재한다는 것은 두뇌로 인식할 수 있기 때문에 비로소 가능한 것이다.

그렇다면 우리에게는 사물을 어떻게 인식하느냐 하는 문제가 중요하게 된다. 그러나 지금까지 교회나 문헌학자들은 인류에게 최선이 아닌 최악의 방법을 통해서 사물에 대한 인식을 가르쳐 왔다.

모든 종교란 형이상학적 인식을 기초로 하여 일부 신학자들이 자기 방식대로 만들어 낸 것이다. 하지만 그러한 신앙적 방식과 가능성만으로는 인간은 아무것도 시작할 수 없는 무력한 존재가 될 뿐이다. 이미 종교는 행복, 평화, 사랑 따위의 거미줄같이 보잘것없는 가능성에다 사람들의 목숨을 걸어 놓았다.

형이상학적 세계란 인간에게 절대로 이해할 수 없는 세상, 그 실체조차 파악할 수 없는 세계인데, 그것을 어떻게 인간의 언어로 규정해 놓을 수 있다는 것인가. 그것이 예상보다 더 멋지게 증명되었다 해도 우리는 그것을 용납할 이유가 없다.

지금 인간은 험난한 현실에서 자신의 생존을 걱정해야 하고 질병, 고통, 근심에서 벗어나기도 힘겨운 판인데, 인간 존재의 근본적인 이유와 행복한 삶이 무엇인가를 묻는다는 것은 말도 안 된다. 그것은 마치 격심한 폭풍우 속에서 목숨을 잃을 위기에 처한 선원에게 바닷물의 과학적 분석 결과에 관해서 질문하는 것과 무엇이 다른가.

그렇다면 우리는 형이상학적인 문제를 어떻게 다루어야 하는가? 그 해답은 그저 무관심하면 된다는 것이다.

# 자신을 극복하고 초월한 '초인'이 되라

　　사람들이여, 자신을 극복하고 초월한 '초인'이 되라. 스스로를 뛰어넘는 초인이 되기 위하여 우리는 어떤 노력을 했던가? 이 세상의 모든 존재는 지금까지 자신을 뛰어넘는 무엇인가를 향해 진화해 왔다. 그러나 인간만이 이 거대한 흐름을 거슬러 반대로 나아가고 있다. 인간은 스스로를 뛰어넘기는커녕 오히려 동물로 되돌아가려 하고 있다.

　인간이 원숭이를 바라볼 때 한낱 웃음거리 또는 인간에 비해 하찮기 그지없는 존재로만 생각한다. 초인이 인간을 바라볼 때도 마찬가지다. 자신을 초월하지 못한 인간은 초인이 볼 때 웃음거리나 하찮은 존재에 불과한 것이다.

　인간의 겉모습은 벌레에서 인간의 형상으로 진화해 왔으면서도, 내면 세계만은 여전히 벌레의 상태로 머물러 있다. 인간은 예전에 원숭이였으며, 지금도 여전히 그 어떠한 원숭이보다 더 원숭이답다.

　제아무리 현명한 인간일지라도 단지 식물과 유령 사이의 잡종 같은 존재에 불과할 뿐이다. 인간은 식물도 유령도 되어서는 안 된다. 다시 한 번 말하거니와, 인간은 '초인'이 되어야 한다. 초인은 이 세상이 원하는 인물이다. 나는 인간이 이 지상에 충실한 사람이 되기를 진심으로 바란다.

그리고 이 세상이 아닌, 저 세상에 대한 희망을 설파하는 자들을 믿지 말라고 충고한다. 그들은 독을 품은 자들, 삶을 멸시하는 자들이다. 그들은 스스로 죽기를 바라는 자들이다. 그러니 제 발로 저 세상으로 가는 것이 현명할 것이다.

과거에는 신에 대한 모독이 가장 큰 모독이었다. 그러나 신은 죽었고 신을 모독하는 자들도 죽었다. 지금은 이 지상에 대한 모독이 가장 큰 모독이 되었고, 인간이 이해할 수 없는 것을 현실보다 더 숭상하는 것이 가장 엄하게 경계할 대상이 되었다.

한때는 영혼이 육체를 모독했다. 영혼은 육체가 여위고 처참해지고 굶주리기를 바랐다. 그렇게 함으로써 영혼은 육체와 이 지상에서 벗어나려고 했다. 그런데 영혼은 스스로 여위고 처참해지고 굶주리게 되었다. 이러한 영혼이 느끼는 쾌감은 자학 그 자체였다.

그러나 생각해 보라. 우리 영혼은 초라하고 더러우며 가련한 자기만족에 가득 찬 것에 불과하지 않은가. 사실 인간은 더러운 강물과 같다. 그러므로 인간이 스스로 더러워지지 않고 더러운 강물을 흡수하기 위해서는 바다가 되어야 한다.

결국 인간은 초인이 되어야만 한다. 초인이란 이러한 바다와 같은 사람을 말하는 것이다. 그 바다 안에서 인간이 느끼는 심대한 경멸은 소멸하게 될 것이다.

인간이 경험할 수 있는 가장 위대한 순간은 바로, 자신에 대한 경멸을 체험할 때다. 자신의 행복과 이성과 도덕에 구역질을 느끼는 바로 그 순간이다. 이때 우리는 자신에게 이러한 말을 할 것이다.

"나의 행복이란 도대체 무엇인가? 그것은 초라하고 더러우며 가련한 자기만족에 지나지 않는다. 진정한 나의 행복은 나의 생존 그 자체가 되어야 하지 않겠는가!"

또 이러한 말도 할 것이다.

"도대체 이성이란 무엇인가? 사자가 먹잇감을 추격하듯 지식을 추구하고 있는가? 그렇지 않을 것이다. 초라하고 더러우며 가련한 자기만족일 뿐!"

그리고 계속해서 이러한 말을 할 것이다.

"도덕은 무엇을 위한 것인가? 나는 아직까지 한 번도 도덕을 기꺼이 실행한 일이 없다. 나는 그동안 선과 악을 구분하느라 얼마나 지쳐 있는가? 도덕이란 것은 모두 초라하고 더러우며 가련한 자기만족일 뿐이었다."

"정의란 무엇인가? 나는 내가 불꽃이나 이글이글 불타는 숯 덩어리가 아님을 안다. 그러나 참다운 정의는 불꽃이며, 또 이글이글 불타는 숯 덩어리가 아니겠는가?"

"동정이란 무엇인가? 동정이란 인간을 사랑하는 자가 못 박힌 십자가가 아닌가? 그러나 내가 생각하는 동정은 십자가에 못 박히는 것이 아니다."

여러분은 이렇게 자문하면서 진지하게 생각해 본 적이 있는가? 여러분이 하늘을 향해 이렇게 외치는 것을 들을 수만 있다면! 뜨거운 불꽃의 혀로 여러분을 핥아 줄 번갯불과 여러분에게 필요한 열정을 갖추고 있는 것이 바로 초인이다. 초인이야말로 우리들이 지향해야 할 목표인 것이다.

## 잘못된 전통적 가치를 버리고
## 참모습을 구현하라

인간은 짐승과 초인 사이에 걸쳐진 밧줄이다. 그것도 심연을 가로지르는 밧줄인 것이다. 건너가는 것도 위험하고, 그 위에 서 있는 것도 위험하며, 뒤를 돌아보는 것도 위험하다. 겁내는 것도, 또한 멈춰 있는 것도 위험하다.

인간이 위대한 까닭은, 목적이 아니라 지나가는 다리이기 때문이다. 인간이 사랑받을 자격이 있는 이유는 이것에서 저것으로 변할 수 있기 때문이며, 기존의 것을 무너뜨릴 수 있기 때문이다.

그래서 나는 종래의 자기 자신을 모조리 버릴 수 있는 사람을 사랑한다. 그런 사람이야말로 이편에서 저편으로 건너갈 수 있기 때문이다. 또한 나는 모독하고 경멸하는 사람을 사랑한다. 그런 사람이야말로 피안의 절벽으로 날아가려는 동경의 화살이기 때문이다.

저 먼 별나라를 위해 자신을 버리고 희생하는 것이 아니라, 앞으로 초인의 땅이 될 이 지상을 위해 희생하는 사람을 나는 사랑한다. 이 지상의 주인인 초인을 위해 집을 짓고, 대지와 짐승과 식물을 가꾸려고 하는 사람을 나는 사랑한다.

스스로를 위해서는 한 방울의 정신도 아끼지 않고, 스스로의 정신을 도덕으로 삼는 사람을 나는 사랑한다. 이런 사람은 자신의 정신으로 심연의 다리를 건너간다. 자신의 도덕으로 스스로 나아갈 방향과 운명을 창조하는 사람을 나는 사랑한다. 이런 사람은 자신의 도덕 때문에 살고, 자신의 도덕 때문에 죽는다.

지나치게 많은 미덕을 갖추지 않으려는 사람을 사랑한다. 한 가지 미덕은 두 가지 미덕보다 더 커서, 인간의 운명이 매달릴 수 있는 한결 큰 매듭이 된다.

영혼이 충만하여 남에게 감사나 보답을 바라지 않는 사람을 사랑한다. 이런 사람은 항상 남에게 주기만 할 뿐, 스스로를 위해서는 감춰 두려고 하지 않는다.

주사위가 자신에게 행운을 가져다 줄 때 수치심을 느끼며, '과연 나는 사기나 치는 도박꾼인가?' 하고 스스로에게 묻는 사람을 사랑한다. 또한 행동하기에 앞서 황금과 같은 말을 던지고, 말보다 행동이 충실한 사람을 사랑한다.

미래의 정당성을 인정하고 과거를 구제하는 사람을 사랑하며, 신을 사랑하기에 신을 책망할 수 있는 사람을 사랑한다.

또한 상처를 입어도 영혼이 흔들리지 않고, 작은 일에도 자신의 전부를 바치고 새로 태어날 수 있는 사람을 사랑한다. 이런 사람이야말로 이 세계에서 저 세계로 이어진 다리를 기꺼이 건널 수 있기 때문이다.

영혼이 넘쳐흘러 자신을 잊으면서 모든 것을 자신의 내면에 포용하는 사람을 사랑한다. 자유로운 정신과 마음을 구비한 사람을 사랑한다. 이런 사람에게 두뇌는 단지 마음의 그릇일 뿐이다.

나는 사랑한다, 인류를 뒤덮은 먹구름에서 뚝뚝 떨어지는 무거운 빗방울 같은 이 모든 사람들을! 그들은 잠시 후 번개가 칠 것이라고 알리는 예언자로서 멸망해 가고 있다. 나 역시 번개가 칠 것이라고 예고하는 예언자이며, 구름에서 떨어지는 무거운 빗방울이다. 그리고 이 번개야말로 초인이 될 것이다.

# 인간은 어떻게 하여
## 강인하고, 자유로우며, 창조적인 정신을 갖는가

어떻게 하여 인간의 정신이 낙타(의무감과 책임감)가 되고, 낙타가 사자(자유로운 정신)가 되며, 그 사자가 아이(창조 정신)가 되는가? 이러한 정신의 세 단계의 변화에 관해 이야기하고자 한다.

인간의 정신에는 각각 고유한 무게가 있다. 그래서 강인한 정신일수록 더욱 무거운 법이다. 강인한 정신은 어떻게 해야 더욱 무거워질 수 있는지 스스로에게 묻고, 낙타처럼 무릎을 꿇고 짐을 잔뜩 짊어지려 한다.

가장 무거운 정신은 자신의 오만을 억누르기 위해 머리를 숙인다. 자신의 지혜를 비웃기 위해 스스로 바보인 체하는 것이다. 빈약한 인식의 도토리와 풀잎을 먹고 자라나는 진리를 위해 영혼이 굶주림을 참는 것이다.

또한 병들었을 때 위로하러 온 이들을 돌려보내고, 자신이 원하는 말을 전혀 해 줄 수 없는 벙어리와 우정을 맺는 것이다. 진리의 샘이 있음에도 불구하고 더러운 연못에 들어가 싸늘한 개구리(감정의 결핍)와 뜨거운 두꺼비(감정의 과잉)를 몰아내는 것이다. 나를 경멸하는 자들을 사랑하고, 나를 위협하는 유령과 악수하는 것이다.

강인한 정신은 이처럼 가장 어려운 것들을 스스로 짊어진다. 그리하여 짐을 짊어지고 사막을 달려가는 낙타처럼 자신의 사막으로 달려간다.

그러나 두 번째 사막에 이르면 낙타는 사자가 된다. 정신은 무거움에서 벗어나 자유를 갈구하며, 자신이 선택한 사막의 지배자가 되려고 한다. 그러나 거대한 용이 나타나 천년 묵은 가치들을 온 몸의 비늘 위에서 번쩍거리면서 "너는 마땅히 이 가치들을 지켜야 한다!"고 소리친다.

인간의 정신은 무엇 때문에 용과 대적하며 자유를 갈구하는 사자가 되려고 하는 것일까? 참을성 있고 고분고분한 낙타가 왜 못마땅해지는 것일까?

새로운 가치를 창조하는 것은 자유로운 사자일지라도 불가능하다. 그러나 새로운 가치 창조를 위해서는 우선 기존의 가치들로부터 자유로워져야 한다. 그리고 그것은 오로지 자유의 사자만이 할 수 있다.

그러므로 스스로 자유를 쟁취하여 낡은 가치와 의무를 당당히 거절하기 위해 사자가 되어야 하는 것이다. 강하고 자유로운 정신만이 새로운 가치에 대한 권리를 쟁취할 수 있다.

처음 우리 인간의 정신이 낙타였을 때는 자신이 마땅히 짊어져야 할 의무를 가장 신성한 것으로 여기고 사랑했다. 그러나 이제 그 속에서 의무의 모순과 우리의 의지를 찾아내야 한다. 그리하여 자기가 사랑하고 있는 것에서 자유를 쟁취해야만 한다. 이러한 쟁취를 위해서 바로 사자가 필요한 것이다.

그런데 이러한 사자도 할 수 없는 일이란 도대체 무엇인가? 그것은 어떤 일이기에 아이가 할 수 있다는 것인가? 그리고 자유를 쟁취한 사자는 왜 아이가 되어야 할까?

아이는 아무것도 덧칠되어 있지 않은 순수함이며, 새 출발이다. 스스로 돌아가는 바퀴이며 최초의 움직임이다. 그러므로 아이는 과거의 의무와 낡은 가치를 버리고, 새롭게 탄생할 수 있는 것이다.

그리하여 아이가 된 정신은 자신의 의지를 원하고, 과거의 세상을 등지고 새롭게 태어난 정신은 자신만의 세계를 획득하게 된다.

## 자신만의 미덕을 발견하여
## 홀로 간직하고 사랑하라

당신에게 어떤 미덕이 있다면, 그리고 그것이 오로지 당신에게만 속한 것이라면, 그 미덕을 다른 사람들과 공유할 수는 없다. 하지만 그런 미덕에 어떤 명칭을 붙이고, 남들 앞에서 젠 체하며 떠벌리게 된다면, 참으로 고상하던 그 미덕을 수많은 사람들과 공유하게 되고, 동시에 어리석은 무리 속에서 변질되고 말 것이다.

그러므로 당신의 미덕에 대하여 애초에 이렇게 말하는 것이 좋을 것이다.

"내 영혼에게 고통이나 즐거움을 주는 것, 내 육체에 굶주림을 더해 주는 그것은 아무런 명칭도 없고 말로 표현할 수도 없다."

그리고 아무도 그 미덕의 이름을 부를 수 없을 만큼 높은 곳에 간직하라. 그리하면 그 미덕에 관하여 불가피하게 이야기할 수밖에 없는 경우, 설령 당신이 더듬거리며 설명한다고 해도 조금도 부끄러울 것이 없을 것이다. 그리고 그때에는 이렇게 말하라.

"그것은 나의 선이다. 나를 그것을 사랑한다. 나는 그것이 내 마음에 들기에 원하는 것이지, 신의 율법 때문에 원하는 것도, 인간의 제도나 편의를 위해 원하는 것도 아니다. 또한 그것이 이 세상에서 천국으로 건너가는 징검다리가 되기를 바라는 것도 아니다.

내가 사랑하는 것은 지상의 미덕이다. 그 미덕은 현명함도 부족하고 세상 사람이 누구나 지니는 이성도 부족하다. 그러나 이 새는 내 옆에 둥지를 마련했다. 그래서 나는 이 새를 사랑하며 가슴에 품는다. 그리고 이제 이 새는 황금알을 품기 시작했다."

일찍이 사람들은 정열을 품고 있었지만, 이를 악이라고 불렀다. 그래서 오늘날의 사람들은 정열이 없는 미덕만 품고 있다. 그러나 이 미덕이야말로 정열에서 태어난 것이다.

사람들은 자신의 최고의 목표를 이 정열 위에 세웠다. 그래서 정열은 당신의 미덕이 되고 당신의 희열이 된 것이다. 결국 당신의 모든 정열은 미덕으로 변하고, 당신의 모든 장애물은 큰 도움으로 변했다.

원래 우리는 마음속에 들개 한 마리를 키우고 있었다. 그러나 그 들개는 귀여운 새로 변했다. 또한 우리는 원래 독에서 향유를 만들어 내고 있었다. 그러나 인간의 젖소인 고통과 시련으로부터 삶의 의지를 짜내던 우리가 이제는 그 젖소의 달콤한 우유만 빨아먹고 있다.

이러한 우리에게는 앞으로 아무런 악도 생기지 않을 것이다. 다만 인간이 지니는 수많은 미덕들이 서로 충돌해서 생기는 갈등밖에는 없을 것이다.

그러므로 현명한 사람이라면, 미덕을 여러 가지가 아니라 한 가지만 간직할 것이다. 그래야 당신은 쉽게 다리를 건너갈 것이다. 여러 가지 미덕을 지니는 것은 훌륭한 일이지만 동시에 무거운 운명의 짐도 지고 가야 한다.

앞으로 수많은 미덕 사이에 투쟁이 벌어지고, 이 세상은 그 싸움터가 되며, 그 결과 사막으로 도망쳐 스스로 목숨을 끊는 사람이 적지 않을 것이다.

충돌과 투쟁을 죄악이라고 여기는가? 그러나 이 죄악은 필연적인 것이다. 또한 수많은 미덕 사이의 질투, 불신, 비방도 역시 필연적인 것이다.

사람들의 미덕은 제각기 가장 최고의 수준을 지향한다. 그래서 어느 미덕이든 당신이 모든 정신을 집중하여 철저히 몰두하기를 요구한다. 또한 분노, 증오, 사랑도 당신이 모든 힘을 기울이기를 요구한다.

각각의 미덕은 다른 미덕들을 질투한다. 그리고 이 질투야말로 정말 무서운 것이다. 그래서 미덕도 역시 질투로 파괴된다. 질투의 불길에 휩싸인 미덕은 마침내 전갈처럼, 독침으로 자기 자신을 찌른다.

당신은 자기를 미워하여 스스로를 찔러 죽이는 미덕을 아직 본 적이 없는가?

인간은 자신을 극복하고 초월해야 한다. 그러므로 자신만의 미덕을 사랑하라. 그래야만 종래의 자신을 파괴하고 거듭날 수 있을 것이다.

# 당신의 영혼 속에 있는 영웅을 포기하지 말라

　　어느 날 저녁 산길을 혼자 걷고 있을 때 한 젊은이가 눈에 띄었다. 그는 나의 이야기를 예전에 외면한 적이 있다. 그는 나무에 기대 앉아 피곤한 눈으로 골짜기를 바라보고 있었다. 나는 그가 기대앉은 나무를 잡고 이렇게 말했다.

　　"이 나무는 내가 두 손으로 붙잡고 흔들어 대도 꼼짝도 않네. 그러나 우리가 눈으로 볼 수 없는 바람은 이 나무를 뒤흔들고 나뭇가지를 휘게 할 수도 있지. 이처럼 우리도 눈에 보이지 않는 손이 흔들어 대는 바람에 괴로워하는 것이라네."

　　이 말을 들은 젊은이는 깜짝 놀랐다. 계속해서 나는 말했다.

　　"인간이나 나무나 마찬가지다. 가지가 더 높고 더 밝은 곳으로 뻗어 올라가려 할수록 뿌리는 더 깊이 땅 속으로, 암흑으로, 심연으로, 악으로 뻗어 내려가네."

　　그러자 청년이 소리쳤다.

　　"맞습니다. 악으로 향합니다. 저는 한번 높이 오르려고 마음먹은 뒤부터는 저 자신을 믿지 않게 되었습니다. 왜 이렇게 되었을까요? 저는 너무 빨리 변해 버렸습니다. 오늘의 저는 어제의 저를 부정하고 있습니다. 높은 위치에 오르면 항상 고독합니다. 저에게 말을 거는 사람도 없습니다. 저는 싸늘한 적막에 싸여 떨고 있습니다. 그런데 저는 저 높은 곳에서 도대체 무엇을 구하려 하는지 모르겠습니다. 저 자신에 대한 경멸과 사랑이 동시에 자라고 있습니다. 한 걸음씩 높은 곳으로 오를 때마다 자신이 부끄러워집니다. 또한 넘어지고 거친 숨을 몰아쉬는 자신을 비웃게 됩니다. 높이 오르는 일에 얼마나 지쳤는지 모릅니다."

나는 청년이 기대고 있는 나무를 바라보며 이렇게 말했다.

"여기 이 나무는 이 산에 홀로 서 있네. 인간과 짐승을 초월하여 높이 자란 것이지. 설령 이 나무가 말을 할 줄 안다고 해도, 그 말을 들어줄 사람은 아무도 없지. 나무는 그만큼 높이 자란 것이라네. 그리고 이제는 무엇인가를 기다리고 있지. 그것이 무엇일까? 나무 꼭대기는 구름에 닿지 않았는가? 나무는 최초의 번개를 기다리고 있는 게 분명하네."

그러자 청년이 울부짖으며 말했다.

"맞습니다! 저는 높은 곳에 오르며 파멸을 갈망했습니다. 제가 기다리던 번개는 바로 당신이었습니다. 하지만 당신이 제 앞에 나타난 뒤, 저는 어떻게 되었습니까? 당신을 선망했기 때문에 이처럼 파멸한 것입니다."

그가 얼마나 심각한 위기를 겪고 있는지는 말보다 눈빛이 더 자세히 드러내 주었다. 그는 아직 자유롭지 못하기 때문에 자유를 갈망하고 있었다. 그 갈망 때문에 잠을 이루지 못한 채 뜬눈으로 밤을 지새우고 있는 것이다. 그는 저 높은 하늘로 올라가려 하고, 그의 영혼은 별이 되기를 바란다.

그러나 그의 저열한 본능도 또한 자유를 갈망하는 것이다. 그의 야성의 개들은 목줄이 풀리기를 바라고 있다. 그의 정신이 감옥의 문을 모두 열려고 할 때, 우리에 갇힌 야성의 개들은 기쁨에 넘쳐 시끄럽게 짖어댈 것이다.

그는 여전히 자유를 꿈꾸는 죄수에 불과하다. 그러한 죄수의 상태에 놓인 영혼은 영리해지기는 하지만, 갈수록 더욱 교활하고 사악해질 것이다.

정신이 자유로운 사람도 자신을 한층 더 정화하도록 노력해야 한다. 그들의 마음속에는 더 많은 감옥과 부패물의 잔재가 남아 있기 때문이다. 따라서 더욱 예리한 안목을 갖추도록 노력해야 한다.

그 청년이 위기에 처한 것은 분명하지만, 그렇다 해도 사랑과 희망을 포기해서는 안 된다. 그는 오히려 자신이 고귀한 존재라고 느낀다. 또한 그에게 악의에 찬 시선을 퍼붓고 원망하는 사람들마저도 그를 고귀한 존재로 여긴다는 것을 알아야 한다.

그러나 모든 사람이 고귀한 사람의 길을 가로막고 있다는 사실도 알아야 한다. 반면에 고귀한 사람도 소위 착하다는 사람들에게는 방해가 된다. 착하기만 한 사람들은 낡은 것을 원하고 낡은 것이 보존되기를 바라지만, 고귀한 사람은 새로운 것을 창조하고 새로운 미덕을 드러내려 하기 때문이다.

고귀한 사람이 선한 사람이 되는 것은 위험하지 않다. 그러나 그가 뻔뻔한 사람, 남을 비웃고 파괴하는 사람이 되는 것은 위험하다.

나는 고귀한 사람들을 알고 있었다. 그런데 그들은 자신이 고귀한 희망을 잃고 나자, 이제는 고귀한 희망을 모조리 비난하고 있다. 게다가 부끄럽게도 쾌락에 빠져 하루하루를 낭비하면서 희망도 목적도 지니지 않게 되었다.

그들의 정신의 날개는 부러졌다. 그들은 정신적 절름발이가 되어 물어뜯기고 더럽혀졌다. 그들은 한때 영웅이 되려 했지만 지금은 방탕아에 불과하다. 이제 그들에게 영웅이란 원망과 공포의 대상일 뿐이다.

그러나 나의 사랑과 희망을 걸고 호소한다. 당신의 영혼 속에 있는 영웅을 포기하지 말라! 당신의 드높은 희망을 성스럽게 떠받들라!

# 시장의 똥파리들을 피해 고독으로 돌아가라

우리는 모두 고독으로 돌아가야 한다. 사람들은 권력자들의 외침에 귀가 멀고, 소인배들의 가시에 찔리고 있다.

숲과 바위는 우리와 함께 침묵할 줄 안다. 무성하게 가지를 뻗은, 저 사랑스러운 나무처럼 되라. 나무는 바다의 소리에 말없이 귀를 기울인다.

고독이 끝나는 곳에서 시장이 시작된다. 그리고 시장이 생기는 곳에서 위대한 배우가 소란을 피우고 똥파리의 소음이 시작된다.

제아무리 아름답고 훌륭한 작품이라 해도 그것을 무대에 올리는 연출자와 배우가 없다면 사람들은 그것을 감상할 수 없다. 그래서 사람들은 연출자와 배우를 위대하다고 한다.

참으로 위대한 것은 창작을 하는 사람이다. 그러나 사람들은 창작하는 사람의 위대함을 잘 모른다. 다만 연출자와 배우에 대해서만 위대하다고 느낄 뿐이다.

그러나 세상은 새로운 가치를 발견하는 사람들을 중심으로 조용히 돌아가고 있다. 반면에 군중과 명성은 배우를 중심으로 돌아간다. 세상은 이렇게 돌아가는 것이다.

배우에게 정신은 있지만, 정신의 분별력은 없다. 그래서 사람들이 자기를 믿게 만드는 것이라면 무엇이든지 믿는다. 배우가 지니는 신념이란, 내일은 오늘과 다르고, 모레는 내일과 다를 것이다. 배우는 군중과 마찬가지로 조급하며 변덕스러운 기분에 좌우된다.

배우에게 전복은 증명이고, 광기는 확신이며, 피는 최상의 근거다. 착한 귀에만 들리는 진리를 배우는 허위와 허무라고 말한다. 그리고 가장 심하게 소란을 떠는 신들만 믿는다.

시장은 이처럼 위대한 광대들로 가득 차 있고, 군중은 그들을 자랑으로 여긴다. 그리하여 그러한 광대들이 당대의 지배자가 된다.

그러나 시간은 그들을 몰아낸다. 그리고 그들은 사람들을 몰아내려 한다. 그들은 사람들로부터 '예' 또는 '아니오'라는 대답만 들으려 할 것이다. 정녕 '예'와 '아니오' 사이에 우리의 의지를 놓아야만 하겠는가?

진리를 사랑하는 사람들이여, 절대 권력으로 억압하려 드는 자들을 부러워하지 말라. 지금껏 단 한 번도 진리는 절대 권력자의 팔에 안긴 적이 없다. 그러므로 이렇게 별안간 나타나는 광대들을 피해 당신의 안식처로 돌아가라. 오직 시장에서만 사람들은 '예' 또는 '아니오'를 강요할 것이다.

깊은 물속을 아는 데는 시간이 오래 걸린다. 심연 속에 무엇이 떨어져 있는가를 알기 위해서는 오래 기다려야만 하는 법이다.

예로부터 시장과 명성으로부터 동떨어진 곳에서 위대한 것이 탄생했으며, 진리가 발견되었다. 그러므로 고독으로 돌아가라. 시장에서는 똥파리들에게 시달릴 뿐이다. 거센 바람이 사정없이 부는 곳으로 가라.

그동안 우리는 하찮은 무리를 너무 가까이하며 살아왔다. 그들을 향하여 손을 들지 말라. 그들은 헤아릴 수 없이 많다. 파리채가 되는 것은 우리 운명이 아니다.

가련한 소인배들의 숫자는 한이 없다. 빗방울과 잡초가 웅장한 궁전을 망치듯이, 우리도 수많은 빗방울 때문에 이미 구멍이 났다. 그리고 마침내는 부서지고 말 것이다.

나는 사람들이 똥파리들 때문에 지쳐 있는 것을 본다. 사람들은 만신창이가 되어 피를 흘리고 있다. 그러나 사람들은 화조차도 내지 않는다. 핏기 없는 똥파리들의 영혼은 피에 굶주려 사람들의 피를 마구 빨아먹고 있다.

그러나 고매한 영혼을 가진 당신은 작은 상처에도 너무 심하게 시달린다. 게다가 당신의 상처가 아직 낫지도 않았는데 독을 뿜는 구더기가 당신 손등에서 기어 다닌다. 당신은 긍지가 너무 강해서 남의 피를 훔쳐 먹는 이 벌레들을 죽이지 않는다. 그러나 그들의 온갖 유독한 부정을 참는 것이 당신의 숙명은 아니라는 점을 명심해야 한다.

그들은 당신 주위에 모여 떠들썩하게 당신을 추켜세울 것이다. 그러나 이것은 뻔뻔스럽게도 당신의 살과 피에 접근하려는 속셈일 뿐이다. 그들은 신이나 악마에게 하듯이, 당신에게 아첨하기도 하고 또 당신 앞에서 흐느끼기도 한다. 그들은 아첨꾼에 울보일 뿐, 아무것도 아니다.

그들은 때때로 당신에게 사랑스러운 모습으로 나타난다. 비굴한 인간은 이런 식으로 처신해야 영리한 것이다. 옹졸한 영혼의 그들은 당신에 관해 많은 것을 생각한다. 그만큼 그들은 당신을 늘 의심한다.

그들은 당신의 모든 미덕 때문에 당신을 괴롭힌다. 그들이 당신을 환영한다고 여긴다면 그것은 착각 중에서도 가장 큰 착각이다.

그러나 친절하고 의로운 당신은 "그들은 보잘것없는 존재이므로 그들에게는 죄가 없다."고 말할 것이다. 그러나 옹졸한 영혼의 그들은 "모든 위대한 존재는 죄악이다."라고 생각한다.

당신이 아무리 친절을 베푼다 해도, 그들은 당신에게 멸시당하고 있다고 느낀다. 그래서 그들은 당신의 친절을 음해로 갚는다.

당신의 말없는 긍지는 항상 그들의 비위에 거슬린다. 오히려 한 번쯤 아무런 긍지도 없는 허수아비처럼 행동하면 그들은 좋아 날뛴다. 그러므로 이런 하찮은 자들을 조심하라. 그들은 당신 앞에서 자신의 초라함을 느끼며, 열등감 때문에 숨어서 복수의 칼날을 갈고 있다.

당신이 그들에게 다가갔을 때 그들은 가끔 입을 다물지 않았던가? 그리고 꺼져 가는 불길에서 연기가 사라지듯, 힘을 잃지 않았는가? 그들에게 당신은 양심의 가책이다. 왜냐하면 당신에게 그들은 상대도 되지 않는 무가치한 존재이기 때문이다. 그래서 그들이 당신을 증오하며 피를 빨아먹으려 하는 것이다.

당신 주변을 어슬렁거리는 그들은 언제나 똥파리에 지나지 않는다. 당신이 느끼기에 위대한 것은 그들에게 해로운 것, 그들을 더욱 똥파리로 만드는 것이 분명하다.

그러므로 고독으로 돌아가라! 거센 바람이 사정없이 부는 곳으로 돌아가라. 파리채가 되는 것은 우리 운명이 아니다.

# 순결을 지키기 어렵다면 차라리 포기하라

나는 숲을 사랑한다. 그래서 도시 생활은 내게 끔직한 일이다. 도시에는 타락한 여자들이 너무 많다. 타락한 여자의 품에 안기느니 차라리 살인마의 손아귀에 떨어지는 것이 더 낫지 않은가.

그런데 어떤 사내들은 "여자와 동침하는 것보다 더 좋은 것은 세상에 없다."고 말한다. 이런 자들의 영혼 밑바닥에는 진흙이 있다. 그리고 그 진흙 속에 정신이 묻혀 있는 경우도 있다. 이들이 짐승으로나마 대우받을 수 있다면 좋을 것이다. 그러나 짐승이 되려면 순수해야 한다.

그런 사내들에게 욕정을 없애라고 충고할 수 있을까? 나는 단지 욕정을 정화하라고 충고할 수 있을 뿐이다. 순결이란 어떤 사람에게는 미덕이지만, 어떤 사람에게는 악덕이다. 그들도 금욕을 할 수는 있다. 그러나 그들의 모든 행동의 그늘에서 육욕의 암캐가 질투의 시선을 번뜩이고 있다.

그들이 지닌 도덕의 가장 높은 곳에서도, 냉철한 이성의 밑바닥에서도, 이 암캐와 만족을 모르는 욕망이 그들을 추격한다. 또한 이 육욕의 암캐는 한 덩이의 고기를 얻지 못했을 때, 약삭빠르게 한 조각의 정신을 구걸할 줄도 안다.

당신은 비극을 사랑하는가? 가슴을 저미는 슬픔을 사랑하는가? 그러나 당신 밑에서 암캐가 노려보고 있지는 않은지 의심스럽다. 고뇌에 시달리는 사람들을 당신은 너무 냉혹한 시선으로 바라보고 있다. 이것은 당신의 욕정이 감소된 결과 그것이 동정심으로 바뀐 것이 아닌가?

악마를 내쫓으려고 돼지의 무리에 합세한 수많은 사람처럼 되지는 말라. 순결을 지키기 힘들거든 차라리 포기하는 것이 낫다. 순결을 지키려다 지옥에 이르지 않도록, 영혼이 진흙탕이 되지 않도록 하기 위해서 말이다.

내가 불결한 이야기를 하고 있다고 나무랄 사람도 있을 것이다. 그러나 나는 순결을 포기하는 것이 세상에서 가장 악한 일이라고는 생각하지 않는다. 현자가 진리의 물에 뛰어들기를 꺼리는 경우는 그 진리가 불결할 때가 아니라, 얕을 때다.

진정으로 순결한 사람들이 있다. 그들은 그 누구보다도 친절하고 유쾌하며 크게 웃는다. 그들은 순결에 대해서조차 웃어넘기며 "순결이란 게 도대체 무엇인가요?" 하고 묻는다.

순결이란 어리석은 것일지도 모른다. 그러나 이 어리석음이 우리에게 온 것이지, 우리가 그것에게 간 것은 아니다. 우리는 이 손님에게 잠자리를 내주고 마음을 주었다. 이제 그는 우리 곁에 머물고 있으니 마음 내키는 대로 오래 오래 머물러 있게 하라.

# 이웃에 대한 사랑은
# 자신에 대한 사랑일 뿐이다

　　사람들은 이웃 사람 주위를 서성이며 달콤한 말을 지껄인다. 그러나 이웃에 대한 사랑은 자기 자신에 대한 사랑일 뿐이다.

　사람들은 자신에게서 이웃으로 도피한다. 그리고 한 가지 미덕을 만들어 내려고 한다. 그러나 내 눈에는 자아를 상실한 그들의 모습이 분명히 보인다.

　나는 이웃을 사랑하라고 권하지 않겠다. 나는 차라리 이웃을 피해 가장 멀리 떨어져 있기를 사랑하라고 권하겠다. 이웃에 대한 사랑보다 더 고귀한 것은 이웃에서 가장 멀리 떨어져 있는 것과 미래를 사랑하는 것이다.

　나는 인간에 대한 사랑보다 사물이나 유령에 대한 사랑이 더 고귀하다고 본다. 사람들 뒤에서 달려오는 유령이 그들보다 더 아름답다. 그런데 그들은 왜 이 유령에게 살과 뼈를 주려 하지 않을까? 그러기는커녕 그들은 두려워서 이웃에게 달려간다.

　사람들은 자기 자신을 참고 견딜 수가 없어서 자신을 온전히 사랑할 수도 없다. 그 대신 이웃을 사랑함으로써 자신을 금빛으로 칠하려고 한다.

나는 사람들이 자신이 아니라 이웃을 참을 수 없는 존재로 여기기를 바란다. 그러면 친구와 그의 흘러넘치는 우정을 스스로 찾아내지 않을 수 없을 것이다.

남들의 칭송을 받고 싶은 경우에 사람들은 이웃 가운데서 한 사람을 증인으로 불러들인다. 그리고 그 증인이 자신에게 호감을 갖도록 유도하는 데 성공하면, 자기가 칭송받을 자격이 있다고 생각한다.

자기가 아는 것과 반대되는 말만 거짓말은 아니다. 자신이 모르는 것과 반대되는 말이야말로 거짓말이다. 이렇게 사람들은 이웃과 사귀면서 자기를 과시하고, 이웃을 속이는 것이다.

타인과 사귀는 것은 자신의 개성을 파괴하는 것이다. 개성이 없는 사람의 경우는 더욱 그러하다. 어떤 사람은 자신을 얻으려고, 또 어떤 사람은 자신을 잃기 위해 이웃과 사귄다. 그리고 사람들은 자신에 대한 그릇된 사랑 때문에 스스로 고독의 포로가 된다.

나는 이웃이 아니라 친구를 사귀라고 권하겠다. 친구와 그의 흘러넘치는 우정을 얻으라. 그러나 친구의 사랑을 받으려면 해

면처럼 모든 것을 빨아들이고 소화시켜 자신의 부족한 면을 보충해야 한다.

이미 완성된 세계를 내면에 지니고 있는 친구, 선을 품고 있는 친구를 사귀라. 또한 언제나 창조하는 친구를 사귀라. 그런 친구는 완성된 세계를 언제나 선사해 줄 것이다.

그리하여 태초에 세상이 시작되었던 것처럼, 그런 친구에 의해 세상은 다시 열릴 것이다. 마치 악을 통해 선이 생겨나듯, 우연에서 목적이 생겨나듯이.

당신의 오늘이 존재하는 이유를 당신에게서 가장 멀리 있는 것, 그리고 멀리 있는 미래에서 찾으라. 당신의 친구 안에 깃든 초인의 모습을 당신 삶의 이유로 삼고 사랑하라.

나는 이웃을 사랑하라고 권하지 않는다. 차라리 가장 멀리 있는 사람들을 사랑하라.

## 고독한 형제여, 때가 되면
## 정의는 절룩거리며 당신을 따를 것이다

당신은 고독에 잠기려 하는가? 그리고 당신만의 길을 찾으려고 하는가? 그렇다면 잠시 멈추어 내 말을 들어보라.

"자신을 찾는 사람은 결국 방황하게 될 뿐이다. 고립이란 죄악이다." 군중은 이렇게 말한다. 그리고 당신은 그러한 군중 속에 너무 오랫동안 속해 있었다. 군중의 이 소리는 아직도 당신 귀에 쟁쟁할 것이다.

그리하여 당신이 "나는 너희들과 똑같은 양심을 더 이상 갖고 있지 않다."고 말해도, 그것은 탄식이며 고통의 신음소리에 지나지 않는다. 그러나 잘 보라. 바로 이 고통이 사람마다 똑같은 양심을 낳았고, 이 양심의 타다 만 잿더미가 아직도 당신의 고뇌로 타고 있다.

그런데도 당신은 자기 자신에 도달하는 고통의 길을 가려는가? 그렇다면 당신의 권위와 힘을 보여 주어야 한다. 당신은 새로운 권위이며 힘인가? 최초의 움직임인가? 스스로 굴러가는 바퀴인가? 별이 당신의 주위를 돌게 만들 수 있는가?

너무나도 많은 사람이 높은 곳을 갈망하는데 그들은 발작적 행동을 일삼는 야심가들일 뿐이다. 그러나 당신은 갈망하는 사람도, 야심가도 결코 아님을 보여 주어야 한다.

세상에는 위대한 사상이 허다하다. 그러나 모두 사람들을 공연히 부풀게 하는 풀무질일 뿐, 공허한 것이다.

당신은 자신이 자유롭다고 말하는가? 그러나 내가 듣고 싶은 것은 당신의 사상이지, 당신이 사슬에서 벗어났다는 말이 아니다. 당신은 사슬에서 벗어날 자격이 있는 사람인가? 세상에는 타인에 대한 복종 의무를 벗어 버림으로써 자기가 지닌 가치의 마지막 한 조각을 버린 사람이 적지 않다.

무엇으로부터 자유로워졌다는 것인가? 나는 그런 것에는 관심도 없다. 다만 당신을 똑바로 쳐다보면서 분명히 말하고 싶다. 무엇을 위한 자유인가?

당신은 자신에게 선과 악을 부여할 수 있는가? 또한 당신의 의지를 율법처럼 내건 채, 자기 자신을 심판할 수 있는가? 동시에 그 율법에 복수할 수 있는가?

자신을 심판하고 율법에 복수하는 사람으로서 홀로 지내는 것은 무서운 일이다. 별처럼 빛나는 당신은 황량한 공간 속에, 얼음처럼 싸늘한 고독의 안개 속에 던져질 것이다.

오늘도 당신은 온전한 용기와 희망을 지닌 채 군중 속에서 외롭게 살고 있다. 그러나 곧 고독에 지칠 것이다. 긍지는 풀이 죽고, 용기는 사라질 것이다. 그래서 당신은 이렇게 외칠 것이다. "나는 고독하다!"

그러다 어느 날엔가 자신의 고귀한 것을 더 이상 바라보지 않고, 저속한 것을 가까이 하게 될 것이다. 당신이 지녔던 숭고한 것은 마치 유령처럼 당신을 두렵게 만들 것이다. 그래서 당신은 이렇게 외칠 것이다. "모든 것은 허망하다!"

이처럼 고독을 말살하려는 감정이 있다. 그러나 이 감정이 당신에게 패배하면 스스로 사라질 것이다. 당신은 이 감정에 맞서서 이길 수 있는가?

당신은 '경멸'이라는 말을 알고 있는가? 그렇다면 당신을 경멸한 사람에게 당신 자신을 정당화시키려 할 때의 고뇌도 알고 있는가?

당신은 많은 사람에게 자신을 새롭게 알리려고 노력한다. 그러나 그들은 당신을 비난할 뿐이다. 당신은 그들에게 가까이 다가가지만 그들과 하나가 되지는 못한다. 그들은 이것을 결코 용납하지 않는다.

당신은 사람들 위에 존재한다. 그리고 당신이 높이 오르면 오를수록 질투의 눈초리는 당신을 더욱 무시하려고 한다. 그러나 당신은 이렇게 말해야 한다.

"어떻게 내가 당신들과 똑같아지기를 바라는가? 나는 당신들과 같아지지 않는 것을 내 운명의 당연한 과제로 선택했다."

사람들은 고독한 당신을 부당하게 대하고 괴롭힌다. 그러나 만일 당신이 하나의 별이 되려고 한다면, 이 때문에 그들을 희미하게 비추어서는 안 된다.

선량한 사람들, 그리고 정의롭다고 자부하는 사람들을 조심하라. 그들은 자신만의 미덕을 창조하려는 사람을 십자가에 즐겨 못 박기 때문이다. 그들은 고독한 사람을 증오한다.

또한 사랑의 발작을 조심하라. 고독한 사람은 자기가 만나는 사람들에게 너무나 빨리 손을 내민다. 그러나 당신은 손이 아니라 앞발을 내미는 것이 낫다. 그리고 그 앞발에는 날카로운 발톱도 있어야 한다.

그러나 당신이 만날 수 있는 최악의 적이란, 언제나 당신 자신이다. 동굴에서, 숲속에서, 당신 자신이 당신을 기다리는 것이다.

고독한 형제여, 당신은 자신의 길을 걸어간다. 자기 자신과 일곱 마리의 악마 곁을 지나쳐 간다. 당신은 자신에게 이단자이자,

마녀이자, 예언자이며, 바보이자, 모독하는 자가 되어야 한다.

그리고 자신의 불길 속에 스스로를 불태워 버려야 한다. 먼저 재가 되지 않고서 어떻게 새로 태어나기를 바라겠는가?

고독한 당신은 창조자의 길을 가고 있다. 당신은 일곱 마리의 악마로부터 하나의 신을 창조하려고 한다. 또한 당신은 사랑의 길을 가고 있다. 당신은 자신을 사랑한다. 그 때문에 당신은, 사랑 속에서 경멸이 싹트듯, 자신을 경멸하고 있다.

자신을 사랑하는 사람은 자신을 경멸하고 있기 때문에 새로 창조하기를 원하는 것이다. 자신이 사랑하는 것을 경멸하지 않는 사람이 사랑에 대해 무엇을 알겠는가?

고독한 형제여, 당신의 사랑과 창조와 함께 당신의 고독으로 돌아가라. 정의는 때가 되면 절룩거리며 당신을 따를 것이다.

또한 나의 눈물과 함께 당신의 고독으로 돌아가라. 자신을 넘어서서 창조하려는 사람, 창조를 위해 먼저 파멸하려는 사람을 나는 사랑한다.

# 전혀 복수하지 않는 것보다
## 약간 복수하는 편이 더 인간적이다

선량한 사람들과 정의롭다고 자부하는 사람들은 내가 도덕을 파괴한다고 말한다. 그러나 나는 도덕을 가르치려는 것이 아니다.

만일 당신에게 적이 있다면, 그가 행한 악을 선으로 갚지 말라. 그렇게 하면 그들을 부끄럽게 만들기 때문이다. 그보다는 오히려 그가 당신에게 선행을 한 것처럼 스스로 믿게 만들어야 한다.

만약 이것이 싫다면, 적을 부끄럽게 만들기보다는 차라리 화나게 만들라. 저주를 받고도 상대를 축복하는 것은 옳지 못하다. 차라리 당신도 똑같이 저주를 퍼부으라.

또한 누군가가 당신에게 커다란 불의를 저지른다면, 당신도 작은 불의를 다섯 가지 저지르라. 불의를 참고 견디기만 하는 사람은 보기에도 딱하다. 불의의 절반은 정의라는 사실을 아는가?

전혀 복수하지 않는 것보다 약간 복수하는 것이 더 인간적이다. 그리고 만일 형벌이 범인의 권리도 명예도 아니라면 나는 인간들이 만든 형벌 제도를 좋아하지 않는다.

경우에 따라서는 자신의 불의를 시인하는 것이, 구차하게 부인하는 것보다 고귀한 일이다. 특히 자신의 행동이 정당하다는 확신이 있을 때 그러하다.

나는 사람들의 냉혹한 정의를 좋아하지 않는다. 재판관의 눈에서는 언제나 처형의 싸늘한 칼날만 빛나고 있다. 사물을 정확하게 보는 눈을 가진 사랑의 정의는 도대체 어디 있는가? 모든 형벌뿐만 아니라 모든 죄도 포용하는 사랑은 어디 있는가? 재판관을 제외한 모든 죄인을 석방하는 정의를 찾고 싶다.

근본적인 정의를 바라는 사람에게는 허위도 또한 사랑이 될 수 있다. 하지만 내가 어떻게 모든 사람들에게 근본적인 정의를 찾으라고 강요하겠는가?

다만 의로운 사람이 되려고 침묵과 고독 속에서 살아가는 사람에게 불의를 저지르지 않도록 조심하라. 그가 어떻게 그것을 잊을 수 있겠는가? 어떻게 그가 복수할 수 있겠는가? 그는 깊은 우물과 같다. 돌을 던지기는 쉽다. 그러나 돌이 우물 바닥에 가라앉으면 누가 그것을 집어 올리겠는가? 그를 모욕하느니 차라리 죽이는 편이 더 낫다.

# 자기가 극복한 것이
## 아니면 말하지도 말라

우리는 침묵이 용납되지 않을 때를 제외하고는 어떠한 말도 해서는 안 된다. 말을 하더라도 자기가 실제로 체험하고 극복한 것에 대해서만 이야기해야 한다. 그 밖의 말이란 쓸데없는 것이거나 공연히 지어낸 것이며, 인격이 도야되지 않아서 나오는 것이다.

내 책의 모든 내용은 내가 직접 체험하고 극복한 것들뿐이다. 거기에는 나 자신도 전에는 몹시 싫어했거나 적으로 여겼던 모습도 들어 있고, 가장 오만한 나의 모습도 들어 있다. 그것들도 모두 내가 극복한 것들이다.

# 의지가 약한 사람도 없고
## 의지가 강한 사람도 없다


저력이 부족한 상태에서 어떤 성과를 기대하는 일은 모두 실패한다. 힘이 약하면 성과를 거두지 못하는 것이 당연하다. 그렇다고 힘이 약하다는 이유로 아무것도 하지 않는 것이 과연 옳은 것일까? 그렇지는 않다. 힘이 약하니까 아무것도 이루려 하지 않는 것은 일종의 병이라고 말할 수 있다.

우리는 어떤 일에 무관심하고 그것을 할 힘이 없다는 이유로 아무것도 하지 않는 사람을 의지가 약한 사람이라고 말한다. 그렇다면 그런 비도덕적인 어리석음을 피하기 위해서 우리는 아무것도 하지 않으면서 강한 의지를 지니기만 하면 되지 않겠는가.

그러나 그 말은 모순이다. 체력이나 정신력이 약한 사람은 자기 보존 본능도 약화되고, 그 결과 자신마저 해칠 수 있다. 종교 지도자나 고독한 철학자나 스님들이 자신에게 필요한 가치관이나 가치 척도를 갖추는 것은 그 때문이다. 따라서 누군가에게 절대 복종하고 기계적으로 움직이며 즉각적인 결단과 행위를 요구하는 사람들과 환경으로부터 멀어져야만 살 수가 있는 것이다.

그런데 곰곰이 따져 보면 우리가 흔히 말하는 의지라는 것은 사람을 속이는 비유적 단어에 불과할 뿐이다. 애초부터 인간에게는 의지라는 것이 없으며, 따라서 약한 의지도, 강한 의지도 없기 때문이다.

어떤 사람이 자기가 하고 싶어 하는 일을 이렇게 할까 저렇게 할까 망설이면서 내적 충동이 분산되면 그는 결과적으로 약한 의지를 드러낼 뿐이다. 반면에 어떤 일을 하고 싶은 충동이 흔들림 없이 하나로 집중되면 힘이 강해져서 결과적으로는 강한 의지가 드러난다.

한마디로 약한 의지는 중심이 없어서 힘이 흔들리고 분산된 상태에서 나타나는 현상이고, 강한 의지는 목표와 방향이 한 가지로 결정되어 모든 힘이 한 군데로 모일 수 있는 조건에서 나타나는 것이다. 따라서 애초부터 의지가 약한 사람 또는 의지가 강한 사람으로 나눌 수 있는 것은 아니다.

# 선악은 인간의 문제일 뿐
## 신과 관련된 문제가 아니다

이제 우리 입에서 낙천주의니 염세주의니 하는 말들이 제발 사라졌으면 싶다. 그런 말을 너무나도 지겹게 들어왔기 때문이기도 하지만, 이제는 그런 말을 사용할 이유가 별로 없기 때문이다. 오늘날 그런 말은 일종의 말장난으로 주고받는 것에 불과하다.

신은 선 자체이고 완전한 이상이며, 이 세상을 가장 좋은 상태로 창조했다고 한다. 만일 신이 이 세상을 그토록 멋지게 만들었다면, 무엇 때문에 사람들은 새삼스럽게 신을 그토록 변호할 필요가 있으며, 누가 무엇 때문에 낙천가가 되려고 하겠는가? 그리고 누가 신이라는 가설을 내세우려고 하겠는가?

하지만 신을 변호하는 자들이나 신학자들은 악이 지배하고 있는 세상에 대해 화를 내고 불평을 계속하면서 이 세상을 졸렬한 작품이라고 주장하고 있다. 신을 변호하는 자들의 이러한 주장은 신에 대한 모독이 아닐 수 없다.

더구나 그들은 이 세상에 대한 비관적, 염세적 신앙 고백을

해서는 안 된다고 애써 주장하는 이중성을 보여 주고 있다. 그러나 지금 이 세상에서 신학자들의 말에 귀를 기울이는 사람은 아무도 없고, 그들의 말에 구애되어 살아가는 사람도 없다.

신학적인 주장을 논외로 친다면, 이 세상은 좋은 것도 나쁜 것도 아니고 최선의 것도 최악의 것도 아니다. 그리고 선악의 개념도 인간과 관련해서만 의미를 갖는 것이지, 신과 연관시킬 이유도 없다. 그러므로 이 세상에 대한 낙관주의나 비관주의에서 벗어나야 마땅하다.

# 삶에 대한 강한 의지가
# 행복을 부른다


　　나는 삶을 새롭게 발견했다. 삶에 대한 의지의 철학을
만들어 낸 것이다. 그것은 내가 염세주의자가 되기를 포기한 그
때부터 시작되었다. 나의 삶을 보다 새롭게 만들려는 본능적 욕
구가 바로 염세주의가 내세우는 결핍, 위기, 상실의 철학을 폐
기시킨 것이다.

　　우리는 도대체 인간의 어느 구석에서 선한 의지를 찾아낼 수
있는가? 선한 사람은 우리에게 좋은 인상을 남길 뿐만 아니라,
딱딱한 듯하지만 부드럽고 향긋한 냄새를 풍기는 나무와 같다.
그런 사람은 자기에게 이로운 것에 대해서만 흥미를 느낀다.

　　그가 지닌 호감도, 어떤 것을 맛보고 싶어하는 욕구도, 그것
이 이로운 것이 아니면 손을 대지 않는다. 그는 손해를 보면 손
실을 보상할 수 있는 방법을 찾아낸다. 그리고 간혹 어려운 일
도 자신의 이익이 되도록 만든다. 또한 자기가 보고 느낀 체험
에 대한 해답을 내며 원칙적으로 하나를 선택하는 대신 많은 것
을 포기한다.

그는 독서와 아름다운 자연을 즐기고 언제나 책과 자연을 가까이 하며 산다. 그러나 모든 종류의 자극에 대해 민감하게 반응하지는 않는다. 오히려 매우 느리게 반응한다. 몸에 밴 조심성과 의지와 긍지가 바로 그 완만한 반응의 습관을 길러 준 것이다.

그는 불행을 믿지 않고 죄도 믿지 않는다. 또한 잊을 줄도 안다. 그와 관련된 것들은 잘되지 않을 수 없을 만큼 강력하다. 그렇다, 그는 늘 향상하고 있다. 내가 말하고 있는 그가 곧 지금의 나 자신이다.

## 지금까지 미워했던 것들을
## 이제는 사랑하라

인간은 작은 거미들처럼 습관적으로 자기 주변에 점차 더 많은 거미줄을 쳐놓게 된다. 그리고 그 습관의 거미줄에 자신이 결박당하고 있다는 것을 깨닫게 되면 그때부터 계속 그물을 찢기 시작한다.

그로 인해 우리는 크고 작은 많은 상처와 고통에 시달릴 수밖에 없다. 우리는 자신을 옭죄고 있는 육체와 영혼의 속박을 풀어 버리려는 본능적 의지를 갖고 있기 때문이다.

이 속박을 풀어 버리기 위해서 우리는 지금까지 미워한 것들을 사랑하는 방법을 배워야 하고, 사랑하던 것들을 미워하는 법도 배워야 한다. 뿐만 아니라 전에는 자신이 가장 아끼는 것들을 포기하는 방법도 배워야 한다.

# 먹기 위해 산다는 것은 인간에 대한 모독이다

인간은 가장 가깝다고 여기는 것들에 대해 위선적인 모독을 자행하고 있다. 예를 들면 우리는 '왜 사는가' 라는 질문에 대해 어떤 사람은 '먹기 위해 산다'고 가볍게 대답한다. 그러나 그것은 인간에 대한 모독이다. 우리는 식욕 때문에 삶을 영위하고 있는 것이 결코 아니다.

그 말은 마치 '성욕 때문에 아기가 생긴 것이다' 라고 말하는 것과 같다. 인류가 성욕 때문에 종족을 보존하고 있는 것은 아니다. 그처럼 허위에 찬 증언은 없다.

반면에 인간은 가장 중요한 것들을 제대로 존중한 적도 없었다. 이처럼 이중으로 인간이 위선을 저지른 결과, 의식주처럼 인간에게 가장 중요하고 가까운 것들에 대한 반성도 없었고, 가장 본능적인 것들을 타락시키기만 할 뿐 그것을 지적인 것으로 승화시키지도 못하고 있는 것이다.

# 밤에는 휴식을 취하라 괴로워하는 영혼들이여!

해가 저물고 어둠이 사방을 이불처럼 뒤덮기 시작하면 가장 가까운 곳에서부터 자연의 느낌이 바뀌어 간다. 바람은 마치 지나가서는 안 되는 길목에서 배회하고 있기나 한 것처럼 속삭이듯 한숨소리를 내는데, 그것은 애써 찾고 있는 것을 끝내 못 찾아서 안타까워하고 있는 것처럼 들린다.

멀리 램프의 따뜻한 불빛도 소담스럽게 켜진 채 피곤한 듯 밤을 지새우고 있는 것 같다. 불빛은 쉬고 싶지만, 방황하는 사람들을 위해 남아 있는 듯하다. 집집마다 잠든 사람의 낮은 숨소리가 정적처럼 낮게 깔려 있다.

그러면 나는 그들의 영혼을 향해 이렇게 마음속으로 속삭인다.

'잠시 휴식을 취하라, 번뇌로 괴로워하는 불쌍한 영혼들이여!'

생명이 있는 지상의 모든 것들은 살아 있는 동안 너무나도 시달리고 있기 때문에 늘 영원한 휴식을 갈망하고 있는지도 모른다. 그래서 밤은 이처럼 우리들에게 죽음으로 가는 길을 안내해 주고 있는 것이 아닌가!

지상에 태양이 없다면, 그래서 달빛과 등불의 빛만으로 밤을 지새워야 한다면, 우리들은 과연 어떠한 삶의 철학 속에 숨어 살게 될까.

# 3

## 세상을 어떻게 이해할 것인가

NIETZSCHE

# 전쟁 없는 평화를 기대하는 것은 몽상이다

인류에게 전쟁 없는 평화를 기대하는 것은 헛된 몽상에 불과하다. 혹시 모든 인간이 순진무구하다면 모를까, 전쟁이란 인류에게 필요악처럼 존재해 왔다.

역사적으로 이미 패망해 버린 여러 민족들이 일으킨 전쟁을 되돌아보자. 들판에서 야영을 하며 이웃 나라를 침략하던 그 사나운 에너지, 저 집단 광기의 증오심, 양심의 가책이라고는 털끝만치도 찾아볼 수 없었던 냉혈한 살인자들, 그런 정신의 불꽃들이 전쟁을 일으켜 왔으며, 전쟁은 남의 땅과 재물과 주권을 빼앗는 가장 확실하고 강력한 수단이었다.

전쟁은 모든 나라가 건설한 섬세한 문화의 목장 지대를 한꺼번에 파괴해 버렸지만, 정복자들은 역사의 수레바퀴를 새로운 힘으로 돌릴 수 있었다. 그러므로 정복자들은 정열과 악덕과 악의를 갖지 않으면 안 되었다.

로마 제정 시대에 전쟁이 얼마간 뜸해지자 위정자들은 사냥과 검투사 경기와 그리스도교 박해를 통해서 새로운 힘을 과시하려고 했다. 그것 역시 또 하나의 전쟁 욕구를 해소하는 일이었던 것이다.

전쟁을 포기한 것처럼 보이던 영국도 소멸되어 가는 자체의 강력한 힘을 되살리기 위해서 전쟁이 아닌 또 다른 수단을 강구해야 했다. 그들은 학문을 목적으로 내세우긴 했지만 사실상 온갖 모험이나 위험에 도전해서 그 넘치는 힘을 조국에 헌납했다.

그것은 미개지의 발견과 개척과 항해와 탐험의 시도였다. 그것은 분명 전쟁은 아니지만 국가의 힘을 되살리기 위한 전쟁의 대용품이나 다름없었다. 인류는 세월이 지나면서 자연적으로 쇠퇴해 가는 힘을 잃지 않기 위해 전쟁을 필요로 해왔으며, 전쟁이 아니면 어떤 형태의 것이든 전쟁을 대체하는 수단으로 힘을 과시해 왔던 것이다.

앞으로 전쟁이 일어난다면 그것은 지금까지의 단순한 전쟁이 아닌, 더욱 잔인하고 처참한 대규모의 전쟁이 될 것이다. 전쟁을 해야 할 명분은 꼭 필요하다. 그것은 바로 인류에게 야만으로 복귀하는 것이 필요하다는 것이다.

## 모든 종교와 이데올로기는
## 현실과 동떨어진 허위이다

　　나는 인류를 개선하겠다는 식의 약속은 하지 않는다. 무슨 말이든 결국은 또 하나의 우상을 세우는 것이기 때문에 인류의 개선이란 결코 없을 것이다. 진흙으로 빚어진 낡은 우상이 세워진 뒤 그것 때문에 어떤 일이 벌어지는가는 우리가 너무나 잘 알고 있다.

　　사람들이 내세우는 모든 종교도, 그 어떠한 이데올로기도 좀더 나은 인류를 만들기 위한 이상이자 우상이 되었다. 나는 바로 사람들이 내세우는 이상을 뒤집어엎어 버리는 일을 오래 전부터 직업으로 삼아 왔다. 누군가가 한 가지의 이상을 날조하고 주창하면, 그 후 그것을 따르는 수많은 사람들은 그것을 따르는 그만큼의 가치와 의미와 성실성을 현실 세계에서 빼앗기고 말았다.

　　그들이 이상을 날조하여 부르짖는 가상의 진실 세계는 언제나 현실 세계와 적대관계에 있는 것이었다. 하지만 솔직히 말해서 그들이 이상적인 가설로 세워 놓은 진실의 세계란 알고 보면 허위의 세계에 불과하다. 오로지 지금 겉으로 드러나 있는 세계만이 현실 세계인 것이다.

이상이라고 하는 거짓말이 지금까지 현실 세계를 비난하고 저주해 왔다. 바로 그 저주로 말미암아 인류는 본능의 밑바닥까지 허위투성이의 위조품이 되어 버렸고, 마침내 그들이 거짓으로 내세운 내세의 행복과 가치를 숭배하기에 이른 것이다.

# 국가를 개혁하는 것은
# 가능한 일인가

종전의 질서가 모두 낡아서 우리 발목을 잡고 있기 때문에 국가에 새로운 질서와 개혁이 필요하다고 선동하는 정치적 공상가들이 있다. 그들은 혁명이나 개혁을 주장하고 또 실천하면 순식간에 새로운 나라가 아름다운 신전처럼 저절로 우뚝 세워질 것이라는 공상에 빠져 있는 것이다.

그러나 국가를 개혁하는 일은 위험한 일이다. 그런 일은 오래 전에 못 쓰게 되어 골동품처럼 되어 버린 일에 기적을 바라면서 선을 이끌어내려는 시도와 다를 바 없다. 그들 정치가들은 사회악이 교육 제도의 잘못에서 비롯되었다는 장 자크 루소의 미신 같은 이론을 신봉하고 있는 것과 다를 바가 없다.

그러나 유감스럽게도 국가의 개혁이라는 것은 역사적으로 이미 터무니없는 발상이며, 처참하게 매장된 낡은 이론이라는 것이 판명된 지 오래다. 따라서 국가의 개혁은 난폭한 에너지를 다시금 분출시키는 역효과를 낼 뿐이다.

물론 나라를 새롭게 바꾸겠다는 개혁이 사회악에 지친 국민들에게는 다소 위로처럼 느껴질 수 있을지도 모른다. 그러나 정치적으로 성공할 수 없다는 사실을 우리는 역사의 경험에 의해 잘 알고 있다.

볼테르의 논리 정연한 이론이나 루소의 잠꼬대 같은 논리가 개혁을 낙관적으로 여기게 할지도 모르지만, 나로서는 국가를 바꾸겠다는 의도 자체를 향해 '뻔뻔스러운 짓은 집어치워라!'라고 외치고 싶다.

어느 나라든 새로운 정권이 들어서면 국민 계몽이니 진보적인 발전 따위에 관한 청사진을 늘어놓게 마련이지만, 그런 것들은 정치적으로도 이미 오래 전에 폐기된 낡아빠진 것이다. 도대체 국가를 무엇으로 어떻게 바꾼다는 말인가?

국가의 경우, 혁신적 사고방식이 정리된 뒤라야만 반드시 제도의 혁신이 뒤따라오는 것은 아니다. 그동안 선배 정치인들은 오랫동안 황폐한 낡은 집에 살면서 주택난 때문에 '개혁'을 깊숙이 보관해 두었다.

또한 국가가 관리하는 교육 제도 역시 늘 뜻은 컸지만 항상 평범한 결과에 머물고 말았다. 넓은 부엌에서는 평범한 요리밖에 만들 수 없다는 것이 진리이기 때문이다.

# 국가와 민족이
# 새로운 우상이 되었다


국가란 무엇인가? 국가란 잔인한 괴물 가운데에서도 가장 냉혹한 것이다. 그래서 '국가와 민족은 하나'라고 뻔뻔스럽게 거짓말을 해댄다.

그러나 그것은 명백한 거짓말이다. 민족을 만들고 그들에게 신뢰와 사랑을 베풀어 준 것은 창조주다. 그러나 수많은 사람들을 파멸시키는 함정을 파고, 그 함정을 국가라고 부르는 파괴자들이 나타났다. 국가는 사람들에게 한 자루의 칼과 백 가지의 탐욕을 준다.

모든 민족은 각자 지켜온 윤리와 법률 속에서 자신들의 언어를 발견한다. 그리고 그 언어로 선과 악을 드러낸다. 그래서 사람들은 다른 민족의 선악을 이해하지 못하는 것이다.

그러나 국가는 그러한 과정 없이 선과 악에 대해 거짓말을 해댄다. 또한 국가가 소유하는 것은 모두 도둑질로 얻은 것들이다.

언제부터인가 너무 많은 사람들이 태어났다. 이 넘쳐나는 사람들을 위해서 국가가 만들어진 것이다. 그런데 국가가 이 사람들을 어떻게 유혹하고, 집어삼키어 씹고 또 씹는가를 잘 보라. '세상에 나보다 더 위대한 것은 없다. 나는 세상을 다스리는 신의 손끝이다'라고 국가라는 괴물은 소리친다. 그리고 그 앞에 무릎 꿇는 것은 눈도 귀도 먼 우매한 사람들만이 아니다.

국가는 위대한 영혼의 소유자들에게도 엉큼한 거짓말을 속삭이고 있다. 스스로 자신의 삶을 낭비해 버리는 잡다한 사상가들의 심중도 꿰뚫고 있다. 낡은 신을 버린 사람들의 속셈마저 간파하고 있다. 이런 사람들은 싸움에 지친 나머지 이제는 국가를 새로운 우상으로 섬기고 있다.

이 새로운 우상은 용감한 영웅들과 고결한 사람들을 거느린 채, 선량한 양심의 햇볕을 쬐고 있다. 누구든지 이 우상을 예배하고 찬양하기만 한다면, 우상으로부터 무엇이든지 받을 것이다. 그 대가로 그들은 자신이 지닌 미덕의 광채와 예리한 안목을 우상에게 바쳐야만 한다.

이 냉혹한 괴물은 무수한 인간들을 유혹하고 있다. 지옥의 마법을 인류에게 걸고 있는 것이다. 성스러운 영예라는 장식품을 찬란하게 번쩍이며 달리는 죽음의 말 한 마리가 나타난 것이다.

착한 사람이나 악한 사람이나 모두 독배를 마시는 곳이 바로 국가다. 착한 사람도 악한 사람도 모두 자아를 상실하는 곳이 바로 국가다. 사람들이 매일 서서히 죽어 가고 있으면서 그것을 '생활'이라고 부르는 곳이 바로 국가다.

국가의 소유물이 된 무수한 인간을 보라! 그들은 발명가들의 성과와 현자들의 지혜를 훔쳐서, 그것을 교양과 문화라고 부른다. 그렇기 때문에 그 모든 것이 그들에게 질병과 재난이 되는 것이다.

또한 늘 위장병을 앓고 있는 그들은 먹은 것을 토해 놓고는 그것을 신문이라고 부른다. 그래서 그들은 서로 물어뜯지만 소화는 시키지 못한다.

그들은 재물을 탐내지만 늘 가난하다. 또한 권력을 갈망하지만, 실제로는 권력의 막후 조종자인 돈의 뒤를 따라간다.

이 민첩한 원숭이들이 기어 올라가는 꼴을 보라! 그들은 앞 다투어 남의 머리를 넘어 위로 기어오른다. 그러다가 결국은 미끄러져 진흙과 쓰레기의 구렁텅이로 떨어진다.

그들은 모두 왕좌를 향해 기어오른다. 이것이 그들의 불치병이다. 한심하게도 그들은 왕좌에 행복이 놓여 있다고 믿는다. 그러나 왕좌는 진흙투성이다. 때로는 왕좌 자체가 진흙탕에 놓여 있는 경우도 있다.

내가 보기에 그들은 모두 광기에 사로잡힌 정신병 환자며, 위로 기어 오르려고만 하는 원숭이다. 그들의 새로운 우상인 저 잔혹한 괴물과 이 우상에 헌신하는 인간들은 언제나 악취를 풍긴다.

내가 사랑하는 여러분은 그들의 입에서 풍기는 탐욕의 악취 때문에 질식할 것 같지 않은가? 그렇다면 차라리 창문을 부수고 밖으로 뛰쳐나가라. 악취를 피하라. 우상에게 봉사하는 무능한 인간의 무리에서 떠나라. 인간을 제물로 바친 제단에서 피어오르는 독한 연기에서 물러서라.

위대한 영혼에게는 아직도 자유로운 삶이 열려 있다. 어딘가에 존재하는 소수의 고독한 영혼을 위해 아직도 이 자유로운 대지가 남아 있다. 그리고 그 주위에는 고요한 바다의 냄새가 떠돈다.

소유하는 것이 적은 사람은 남에게 소유되는 일도 적다. 그러므로 가난한 사람은 축복을 받을 것이다.

국가가 없는 곳에서만 비로소 인간다운 인간이 탄생한다. 이러한 인간이야말로 넘쳐나는 쓸모없는 인간과 구별되는 참된 인간이다. 그리고 그러한 곳에서만 참된 인간의 노래가 들릴 것이다. 그러므로 국가가 사라지는 곳으로 눈을 돌리라. 그곳에 무지개와 초인으로 인도하는 다리가 보인다.

# 민족마다 천 가지 목적을 추구하지 말고
## 인류를 위한 한 가지 목적만 추구하라

　　세상에는 수많은 나라와 민족이 있다. 그리고 민족마다
선과 악의 기준이 다르다. 어떤 민족이든 선과 악의 기준을 세
워 놓아야만 원만하게 살아갈 수 있다.

　그러나 한 민족이 다른 민족과 똑같은 기준을 세워서는 안 된
다. 어떤 민족에게는 선인 것이, 다른 민족에게는 경멸과 치욕
이 될 수 있다. 여기서는 악인 것이 저기서는 보랏빛 영예로 장
식되어 있는 것이다.

　지금껏 한 민족이 다른 민족을 이해한 적은 한 번도 없었다.
한결같이 자신의 가치관에 입각해서 다른 민족의 망상과 악의
에 대해 놀라고 의심했다.

　모든 민족의 머리 위에는 선의 간판이 걸려 있다. 이것이야말
로 그 민족이 극복한 것들이 무엇인지 보여 주는 간판이며, 삶
에 대한 의지의 목소리다.

　자신들에게 어렵게 느껴지는 것을 그들은 찬양한다. 그리고
이것을 선이라고 부른다. 자신들에게 닥친 최대의 고난, 그리고

거기서 해방되는 것을 신성하다고 여기며 찬미하는 것이다.

다른 민족을 지배하고 정복하고, 공포심과 질투를 일으키는 것, 이것이 그들에게는 가장 높은 이상이며, 최상의 의미가 된다.

만일 어느 민족이 어떤 고난을 겪고 있는지, 그곳의 풍토가 어떤지, 그 주변의 민족이 어떤지를 알게 된다면, 이를 극복할 수 있는 방법도 알아낼 수 있을 것이다. 또한 그 민족이 왜 이러한 과정을 거쳐서 자신들의 희망을 달성하려 했는지도 이해할 수 있을 것이다.

"항상 일인자가 되어 다른 사람을 능가해야만 한다. 질투로 가득 찬 당신의 사랑은 친구 이외의 어느 누구에게로도 향해서는 안 된다."

이것은 그리스인들의 영혼을 뒤흔든 말이다. 그래서 그들은 위대한 길을 걸어갔다.

"오로지 진리만 말하라. 그리고 활쏘기를 잘하라."

이것은 페르시아 민족에게 가장 중요한 격언이었다.

"어버이를 공경하고, 진심으로 그들의 말에 복종하라."

또 다른 민족들은 이 극복의 간판을 머리 위에 내걸고, 이로써 강대해지고 영원토록 번성하였다.

"충성을 다하라. 위험에 처하여도 충성을 위해 명예롭게 피를 흘려라."

또 다른 민족은 이렇게 다짐하며 난관을 극복하였고, 원대한 포부로 위세를 떨쳤다.

이처럼 인간은 자기 자신에게 스스로 모든 선과 악을 부여하였다. 선과 악은 인간이 하늘로부터 부여받은 것이 아니며, 발견한 것도 아니다. 인간은 자신을 지탱하기 위해 사물에 가치를 부여하였다. 즉, 인간이 있고, 그 다음에 인간이 비로소 사물에 인위적 의미를 부여한 것이다.

그러므로 인간은 스스로 기준을 세우는 창조자다. 기준을 세운다는 것은 창조한다는 것이다. 이 기준이야말로 이 기준에 따르는 모든 사물의 보배다.

판단의 기준이 있을 때 가치가 생긴다. 그리고 가치가 없다면 존재의 열매는 속이 텅 비어 있을 것이다. 그러므로 가치의 전도는 창조하는 사람의 특권이다. 창조자가 되려는 사람은 언제나 먼저 파괴자가 되어야 한다.

과거에는 창조의 주최가 집단이었다. 그러다가 최근에 와서야 개인이 창조의 주체가 되었다. 개인은 그야말로 최근의 산물인 것이다. 집단의 기쁨은 개인의 기쁨보다 더 오래된 것이다. 선량한 양심이 집단에 관해서 말하는 사이에 사악한 이기심은 개인에 관해서 말하고, 이 교활한 개인은 자신의 이익을 위해 집단의 이익을 찾으려고 하지만, 그것은 집단의 융성이 아니라 몰락이다.

선과 악의 기준을 만드는 사람은 항상 사랑을 실천하는 사람, 창조하는 사람이었다. 사랑의 불꽃과 분노의 불꽃은 온갖 덕목으로 불타오른다.

사랑하는 사람들이 창조한 것보다 더 위대한 힘을 발휘한 것을 이 세상에서 아직 보지 못했는데, 그것은 바로 선과 악이다. 진정 이 칭찬과 비난의 힘은 괴물이다. 누가 이 괴물을 정복할 수 있을 것인가? 누가 이 괴물의 천 개나 되는 목에 멍에를 씌울 수 있겠는가?

지금까지 천 개의 민족이 있었기 때문에 천 개의 목표가 있었다. 그러나 천 개의 목에 씌울 멍에는 없으니, 그것은 단일한 목적이 결여되었기 때문이다. 아직껏 인류는 공통된 하나의 목적을 갖고 있지 못하다.

그러나 생각해 보라. 인류가 아직 목적을 갖지 못했다면, 인류는 그 자체가 아직 존재하지 않는 것이 아닐까?

# 고난을 겪는 민족이
# 왜 우수한 것일까


인간은 끝없는 자유의지를 갈망하는 본능을 갖고 태어났다. 따라서 정신적으로든 육체적으로든 갇혀 있다고 믿는 사람들은 자유를 향한 끝없는 탈출의 시도를 멈추지 않는다. 그래서 인간을 감옥에 가두고 자유에 대한 갈망을 극도로 자극하면 천재가 나온다.

어떤 사람이 숲속에서 길을 잃었다고 치자. 그는 길을 잃었기 때문에 자유도 잃은 것이다. 그는 숲에서 벗어나려고 애쓰는 과정에서 지금까지 아무도 몰랐던 전혀 새로운 길을 발견하게 된다. 그리고 사람들은 그의 독창성을 천재라고 부른다.

천재란 남들이 습관적으로 혹은 일률적으로 하는 것과 전혀 다른 새로운 것 또는 남들이 전혀 몰랐던 것을 놀라운 방법으로 찾아내는 사람이다.

육체적 불구나 결함을 지닌 사람의 특정 기능이 정상적인 사람의 경우보다 크게 향상된다는 것은 잘 알려진 사실이다. 또 하나의 다른 기능이 결함이 있는 기능을 보완해야 하기 때문이다.

따라서 우리가 천재라고 부르는 사람들은 어떤 다른 기능에서는 열악한 바보라는 뜻이다. 모든 기능이 정상적으로 가동된다면 천재성이 나타날 이유도 없는 것이다.

자연 현상도 예외는 아니다. 적도 지방이 태양열로 이상 고온이 되면 북극의 빙하가 불어난다. 자연의 어떤 결함이 빙하를 깨는 전혀 다른 기능으로 나타나는 예다. 인간의 경우, 자유정신을 향한 의지와 본능이 부자유나 구속이라는 장애물에 부딪쳐 우연하게도 천재성을 발휘하는 것이다.

우리는 역사적으로 수많은 천재의 출현을 보아 왔다. 그리고 다음과 같은 교훈을 얻었다. 인간을 학대하고 괴롭혀서 극단의 고통 속에 몰아넣으면 천재가 탄생한다. 또는 어떤 민족이 다른 민족을 정복하고 학대하면 피지배 민족은 그로 인해 타오르는 불꽃의 에너지로 천재를 배출한다. 마치 준마가 기수의 채찍에 맞아 미친 듯이 달리는 것처럼, 압제를 참고 견디는 인간의 의지는 전혀 다른 에너지인 천재적 성과를 거두게 된다.

지금까지 안정되고 이상적인 복지 국가에서는 위대한 지성이나 영웅적 인간이 태어나지 않았다. 그런 환경은 천재의 출현을 막는다. 그러나 고난과 역경이 많았던 민족에게는 그 민족의 자유의지 본능에 의해 천재가 많이 배출되었다.

국가는 개인의 안정과 행복을 지켜 주는 조직과 제도지만, 그 목표가 완성에 가까워질수록 개인은 국가에 의해 약화될 수밖에 없으며, 따라서 국가의 본래 목표도 잃게 된다.

# 집단에서 명령하는 자들은 도덕적 위선자들이다

어느 시대를 막론하고 인간은 무리를 이룬 채 살아왔다. 국가, 가문, 교회 등 수많은 집단과 조직이 생기면서 그 구성원들은 소수의 명령하는 사람과 다수의 복종하는 사람들로 나누어졌다.

따라서 인간은 긴 세월을 두고 그런 명령과 복종의 관계로 훈련되고, 이 관계도 체계화되어 왔다. 인간에게는 '이것을 하라' 또는 '하지 말라'는 지시와 복종에 대한 본능적 욕구가 있고, 그 욕구를 충족시킬 수 있는 형식과 내용을 추구했기 때문이다.

그런데 남에게 명령하는 사람은 그러한 명령을 내리기 위해서, 자신이 누군가에게 봉사하고 있다고 생각한다. 나는 이것을 명령하는 자의 도덕적 위선이라고 부른다.

예를 들어 왕이나 수상은 자기가 국가를 위해 봉사하기 때문에 명령을 하고 있고, 백성들은 자기 말에 복종해야만 한다고 여긴다. 또한 종교 지도자는 자신이 신의 대리자이거나 신에게 봉사하기 때문에 명령하는 것이고, 그래서 그 명령이 떳떳한 것이라고 여긴다.

　명령하는 자들은 양심의 가책을 받지 않기 위해 자기보다 높은 존재인 조상, 법, 정의, 신의 대리인처럼 예전부터 행동해 왔다. 그리고 온순하게 복종하는 사람들에게는 자신의 인간적 미덕을 내세운다. 자신이 근면하고 의로우며 겸손, 절제, 동정심을 갖추고 있다는 말로 그들을 위로하는 것이다.

　이 같은 명령하는 자들의 압제 아래 신음하던 사람들에게 구세주와도 같은 한 인물, 절대 권력자가 유럽에 나타났다. 바로 나폴레옹이다.

　유럽인들이 자기들을 억압하는 수많은 권력자들의 사슬을 끊고 자신들을 구원해 줄 것이라는 믿었던 나폴레옹의 영향은 19세기에 일어난 가장 크고 다행한 사건이었던 것이다.

　내가 보기에 이해하기 어려운 이상한 마력을 지닌 위인으로, 로마 제국에서는 카이사르, 독일에서는 프리드리히 2세, 예술가 중에는 레오나르도 다 빈치를 꼽고 싶다.

# 사형을 시켰다고 해서
## 죄가 소멸되는 것은 아니다

사형이 살인보다 한층 더 우리의 감정을 자극하는 이유는 무엇인가? 그것은 재판관의 냉정한 법률 논리 때문도 아니고, 사형을 기다리는 시간이 견딜 수 없는 것이기 때문도 아니다. 다만 이러이러한 죄를 지으면 이렇게 형벌을 받아 죽게 되니까 죄를 짓지 말라는 식으로 사람들에게 경고할 목적으로 한 인간의 죽음이 이용되고 있기 때문이다.

하지만 아무리 악독한 범죄라 해도, 범인이 사형을 당했다고 해서 범죄 자체가 소멸되는 것이 아니라 한 인간의 처벌에 그친다는 데 법의 모순이 있다.

어떤 사람의 범죄에 대해서는 그의 도덕성에만 책임이 있는 것이 아니다. 그의 범죄는 그를 양육한 부모, 그를 가르친 선생들, 그가 사는 곳의 주위 환경과 조건 등 다양한 원인에서 나온 결과다. 따라서 책임은 바로 우리들 자신에게 있다. 범죄는 아무런 이유도 없이 발생하는 것이 아니라 그 배후에는 사회적, 개인적 원인이 있는 것이다.

# 노인의 자살을
## 어떻게 볼 것인가?

종교는 자살을 금지하고 있다. 그러면 사람들은 이렇게 질문할 수가 있다.

'노령과 질병으로 체력이 극도로 고갈된 채 죽음 직전에 놓인 노인이 인생을 자연스럽게 마감하는 것이 좋을까, 아니면 안 되는 줄 알면서도 악착같이 발버둥치며 살아 보려고 애를 써야 할 것인가?

건강을 회복하거나 생명을 건질 방법이 전혀 없는 노인의 경우, 의사가 귀찮게 여길 정도로 구질구질하게 하루라도 더 연명해 가려는 그의 병적 욕구는 과연 존경받을 만한 것인가?

이런 경우에 자살은 자연스러운 행위이며 인간 이성의 승리로 볼 수 있다. 그리스의 철학자들이나 로마의 용감한 애국자들이 자살로 삶을 마감하는 것을 상식으로 여기던 때가 있었다.

# 지식인들은 대부분이 허무주의자들이다

허무주의자란 이 세상에서 아직 아무런 위로도 받지 못한 자라는 뜻이다. 그들은 자기 자신을 파멸시키기 위해서 세상을 파괴하고 싶어하고, 이미 도덕성에서 져 버렸을 뿐만 아니라 어떤 일에 몸을 바쳐서 희생할 의지도 없는 사람들이다.

그들은 자기 영역과는 반대되는 세상에 마음을 둔 채 살고, 바깥세상의 권력에 저항하면서 질서를 무너뜨리고 싶어한다. 그것은 그들 자신 속에도 권력에 대한 욕구가 도사리고 있다는 증거다. 허무주의자들이야말로 자신의 생존의 의미를 상실한 뒤에 비로소 세상의 존재 이유를 부정한다.

그렇다고 그들이 막다른 골목에 몰린 것은 아니다. 신이나 도덕, 희생이나 헌신 등의 의미가 심각하게 도전을 받는 단계에 이르면 허무주의가 오히려 치유제가 될 수도 있다.

이런 종류의 정신적 피로는 철학과 등을 지면서 절망적 회의에 이르게 되지만, 그 과정을 보면 허무주의자들은 결코 사회적으로 서민층이 아니라 지식층이라는 사실이 드러난다.

붓다가 처음 출현한 당시에도 영구 윤회설이라는 그의 가르침을 이해한 사람들은 학식이 많은 지식층 사람들이었다. 내가 보기에 유럽의 허무주의자들은 사회적으로 가장 불건전한 사람들이며, 붓다의 영구 윤회설은 그들에게 저주와 같았을 것이다. 물론 그들의 파괴 욕망도 일종의 맹목적 광기에 불과한 것이지만. 그런 자들이 인간이란 영원히 윤회한다는 붓다의 말을 어떻게 이해하겠는가?

사람들은 낡은 것과 새로운 것이 대립하면서 교체되고 있다는 것을 알고 있다. 낡은 가치가 쇠퇴하면서 새로운 가치가 생성된다는 것은 새로운 이상이란 모두 현실을 적대시하는 이상에서 창출된다는 뜻이다.

# 미래 사회는 여성적 본능이
## 남성적 본능과 충돌할 것이다

여자들은 현실에서 벌통의 여왕벌처럼 보호받으며 살아가는 방법을 잘 알고 있다. 그것은 여자가 남자보다 영리하다는 증거의 하나이기도 하다. 남자들이 이러한 여자의 속성을 갖추지 않는 것은 남자의 허영심이나 명예심이 여자들의 영리함보다 더 강하기 때문이다.

여자는 남자에게 종속됨으로써 사실상 남자를 지배해 왔다. 여자는 자녀 양육과 주부의 역할을 내세워 전쟁과 같은 위험한 일에 남자보다 덜 노출되어 온 것이 그 예다. 그것이 바로 여자들의 생존 방식이기도 하지만, 가정이라는 명분으로 남자를 지배하거나 자기 보호 본능으로 이용해 왔다는 뜻으로 해석할 수도 있다.

여자는 남자를 보는 순간 자기편이냐 적이냐를 재빨리 판단하는 감각이 예민할 뿐만 아니라, 상대방의 이용 가치에 대해서도 남자보다 훨씬 빨리 계산한다. 물론 남자가 자기를 좋아하는가 싫어하는가를 판단하는 안목도 본능적으로 갖추고 있다.

나는 여자들의 그런 지혜가 무당의 수준과 거의 같다고 말하고 싶다. 그 이유는 자신을 보호해 주거나 행복하게 만들어 줄 남자를 빨리 선택해야 하는 것이 여자들의 생존 방식이기 때문이다. 그래서 여자들은 사랑이 무엇보다도 가장 중요한 가치와 목표가 될 수밖에 없다. 남자들이 사랑보다 일의 성취에 더 가치를 두는 것과는 대조적이다.

따라서 여자에게 연애는 인생의 최대 목표가 되는 것이다. 사랑을 우상화하는 것도 고도의 여성적 지혜. 여자는 사랑을 우상화해야만 일 자체와 성취 욕구에 더욱 큰 가치를 부여하는 남자를 붙잡아 둘 수가 있는 것이다.

그래야만 여자는 남자에게 자신의 위상을 높이고 권한을 강화하며, 자신을 남자의 눈에 더욱 탐스럽게 비치도록 하여 자기 보호의 성벽을 최대한 튼튼하게 만드는 본능적 힘을 발휘할 수 있는 것이다.

지금까지 결혼의 가장 큰 목적은 성적 결합을 통해 자녀를 갖는 것이었다. 그러나 현대의 여성들은 교육을 통해 보다 높은 자기 향상과 사회적 성취 욕구를 갖게 되었다. 이제 여자들은 가정주부의 역할보다는 남자들처럼 살고 싶은 욕구가 더 커진 것이다. 그리하여 이제 여자에게 결혼이란 종래의 결혼 목적과는 다른 목적을 달성하려는 수단이 되어 버렸고, 여자는 결혼 후에도 남자들과 마찬가지로 사회 활동을 하게 되었다.

그 결과 남자들은 성적으로나 정서적으로나 아내에게서 충족을 얻기가 어려워지게 되었고, 제2의 보조 수단으로 다른 여자가 필요하게 되었다. 하지만 결혼한 여자는 남편의 친구이자 조수가 되어야 하고, 어머니이자 주부 역할도 해야 한다. 이렇게 너무나 많은 역할을 감당해야 하기 때문에 아내는 남편의 욕구를 채워 줄 수가 없게 된 것이다.

그리스의 예를 들자면, 페리클레스가 통치하던 아테네에서는 이상한 사회 현상이 발생했다. 남자들이 여러 가지 역할을 담당하고 있는 아내보다는, 자신의 욕구를 충족시켜 주는 일에만 충실한 제2의 여자를 만나고 싶어한 것이다. 그래서 이것이 골치아픈 사회 문제를 일으켰다.

지금 유럽의 문명국들은 여자가 남자와 동등하게 사회에 진출하고 있다. 그래서 여자들도 남자 못지않은 장점과 미덕을 갖추게 되었다. 하지만 여자들의 타고난 성품 때문에 발생하는 사회적 취약점들을 국가가 어떻게 감당해 나아갈 것인가가 문제가 되었다.

앞으로는 여자들이 가정의 속박에서 벗어나 사회적 활동을 더 많이 하게 될 것이라고 나는 믿고 있다. 따라서 남성적 본능만이 통용되던 남성 지배 사회는 여성들의 대규모 사회 진출로 여성적 본능과 불가피하게 충돌하게 될 것이다. 그 결과 우리의 미래는 얼마간 회색 사회로 큰 혼란을 겪게 될 것이다.

# 언제나 내면에 혼돈을 간직하라

지금이야말로 사람들이 자신의 목표를 세워야 할 때며, 희망의 씨앗을 뿌려야 할 때다. 아직 인간의 대지는 씨앗을 뿌려도 될 만큼 비옥하다. 그러나 언젠가는 이 땅도 메마르고 헐벗어 그 어떠한 나무도 자랄 수 없게 될 것이다.

슬픈 일이지만, 머지않아 인간이 인간을 초월하여 동경의 화살을 쏘지 못하고, 자기의 활시위를 울릴 줄 모르는 때가 올 것이다.

인간은 언제나 자신의 내면에 혼돈을 간직해야 한다. 그래서 그 속에서 춤추는 별을 탄생시켜야 한다. 그리고 나는 우리 인간이 아직도 이러한 혼돈을 간직하고 있다고 믿는다.

그러나 슬픈 일이지만, 머지않아 인간이 어떠한 별도 탄생시키지 못할 때가 올 것이다. 또한 자신에 대해 경멸감을 느끼지 못하는, 가장 심한 경멸을 받아 마땅한 인간쓰레기의 시기가 올 것이다.

이토록 타락한 인간이 언젠가는 '도대체 사랑이란 무엇인가?

창조란 무엇인가? 동경이란 무엇이며, 별이란 도대체 무엇인가? 라고 물으며 눈을 깜박일 것이다.

그때 인간의 대지는 초라하게 축소될 것이며, 그 위에서 인간의 땅을 축소시키는 타락한 인간이 뛰어다닐 것이다. 그리고 그 족속은 벼룩처럼 없애기가 매우 힘들 것이다. 그렇게 타락한 인간이야말로 이 땅에서 가장 오래 버틸 족속이다. 그리고 그들은 이렇게 말한다.

"우리는 행복을 발견하였다."

그들은 살기 힘든 땅을 떠난다. 따뜻한 것을 원하기 때문이다. 그리고 여전히 이웃과 함께 부대끼며 살아가기를 원한다. 그것 역시 단지 따뜻한 체온을 필요로 하기 때문이다.

그들은 병들고 믿음이 없는 것은 죄라고 생각하고 조심조심 걸어간다. 그러나 그들은 돌이나 인간에게 걸려 넘어지는 바보일 뿐이다. 적은 양의 독은 편안한 잠을 가져다 주지만, 많은 양의 독은 편안한 죽음으로 인도한다.

또한 이렇게 타락한 인간들도 여전히 노동을 한다. 그들에게는 노동이 위안이 되기 때문이다. 그러나 이 위안도 몸을 해치지 않을 정도로만 한다.

이때가 되면 인간은 더 이상 가난해지지도 부유해지지도 않는다. 그들이 가난해지든 부유해지든 나와는 상관없는 일일 뿐이다. 누가 지배하든, 누가 지배당하든 그것이 무슨 상관인가. 그들은 모두 목자를 잃은 한 무리의 양떼일 뿐이기 때문이다. 그들은 모두 똑같아지려 할 것이고, 누구 하나 다를 것이 없다. 이들 가운데 남과 달리 생각하는 사람은 정신병원으로 실려 가게 될 뿐이다.

　이때의 사람들은 모두 영리하기 때문에 전 세계에서 일어나는 일을 누구나 잘 알게 될 것이다. 그래서 그들은 끝없이 세상을 비웃게 될 것이다. 그리고 그들은 서로 싸우지만 곧 화해할 것이다. 그렇지 않으면 버틸 수 없기 때문이다. 또한 한낮에도 한밤중에도 쾌락을 누리게 되겠지만, 늘 그들이 걱정하는 것은 자신의 건강뿐일 것이다.

# 세상의 부자들은
## 부끄러워하라

나는 오로지 한 종류의 부자들, 즉 자신에게 돈이 많다는 사실 자체를 부끄럽게 여기는 부자들에 대해서만 너그럽게 참아 줄 수가 있다.

'어마어마한 부자'라는 말을 들으면, 기름기가 줄줄 흐르는 과다 지방질의 육체 또는 수종증에 걸린 듯 흉하게 부풀어 오른 피부 등을 목격했을 때처럼 즉시 구토증을 느낀다. 게다가 그 부자가 비양심적이고 비인간적인 데다가 조금이라도 자신 재산을 자랑하고 나서기라도 한다면, 그의 어리석음을 높이 추켜올려 주고 싶어진다.

또한 돈을 많이 소유한 것에 대해 부끄러워할 줄도 모르는 부자들에게 이렇게 외치고 싶다.

'가련한 불구자여! 돈이 너무 많아서 자유를 잃은 돈의 노예여! 언제 돌발적인 불행이 닥칠지 몰라서 매순간 몸을 웅크리고 전전긍긍하는 자여! 너는 자신이 항상 기쁨에 넘쳐 있다는 사실을 어떻게 가난한 자들이 믿도록 할 수가 있단 말이냐? 너는 자신을 증오하는 자, 비난하는 자, 그리고 조소하는 자들의 싸늘한 눈초리로부터 단 한순간도 벗어나지 못하고 있지 않느냐!

너에게는 돈벌이가 가장 쉬운 일인지도 모른다. 하지만 너는 세상에서 결코 진정한 기쁨이 될 수 없는 것들만 수집하는 데 골몰했다. 그리고 너는 돈이란 벌기보다는 관리하고 보존하기가 훨씬 더 어렵다는 것을 깨달았을 것이다.

더구나 이제부터 너는 돈을 잃어버리는 고통을 계속해서 겪지 않을 수가 없다. 너에게 새로운 인공 혈액이 공급된다 한들 그것이 무슨 소용이 있단 말이냐? 또한 너는 부자의 삶을 계속 유지하지 못하게 되지나 않을까 하는 걱정이 태산 같고, 가난하게 살고 싶어한다고 해도 그런 삶이 네게는 불가능하다는 무거운 멍에를 짊어지고 있다.

그래서 나는 네게 말한다. 제발 네가 짊어지고 있는 재산의 멍에에 대해 솔직하고 분명하게 부끄러워하라. 사실 네 마음은 그 멍에 때문에 지쳐 있고, 싫증이 나기도 했을 것이다. 하지만 너에게는 부자라는 사실을 부끄러워하는 일보다 더 떳떳한 일은 없을 것이다.'

## 고난에 빠진 사람들을 구한 것은 동정심이 아니라 용기였다

전쟁에 나가 싸우는 병사들은 똑같은 군복을 입고 있다. 그러나 그들의 정신만은 판에 박은 듯 똑같은 것이 아니기를 나는 간절히 바란다.

그들은 늘 적을 찾아 헤맨다. 그러나 정말 중요한 것은 자기 자신의 적을 찾아내는 일이다. 그리하여 자기 자신의 전쟁을 치르고, 자신의 사상과 철학을 위해 싸워야 한다. 설령 자신의 사상이 패배할지라도, 오직 성실이라는 무기만으로도 개선가를 부를 수 있도록 최선을 다해야 한다.

그리고 새로운 전쟁을 위한 수단으로 평화를 사랑하라. 오랜 평화보다는 오히려 아주 짧은 평화를 사랑하라. 또한 노동보다는 투쟁을, 평화보다는 승리를 권한다.

인간은 활과 화살을 가지고 있을 때에 한하여 평온히 지낼 수 있는 법이다. 그렇지 않으면 언제나 서로 싸울 뿐이다.

전쟁을 하는 사람들은 정당한 이유가 전쟁을 성스럽게 만든다고 말한다. 그러나 나는 정당한 전쟁이 모든 전쟁의 이유를 성스럽게 만든다고 말하고 싶다.

전쟁과 용기는 이웃에 대한 사랑보다 더 위대한 공적을 세웠다. 지금까지 고난에 빠진 사람들을 구해낸 것은 동정심이 아니라, 용기였다.

전쟁터의 병사들은 '선이란 무엇인가?'라고 묻는다. 소녀들에게 물으면 '선이란 친절과 동정심을 베푸는 것'이라고 대답할 것이다. 그러나 병사들에게 선이란 용감한 것이다. 사람들은 이런 병사들을 무정하다고 비난할 것이다.

그러나 병사들의 마음은 순수하다. 사람들은 감정이 메마른 것을 부끄러워하지만, 병사들은 감정이 흘러넘치는 것을 부끄러워한다. 이렇게 부끄러워하는 그들의 순수함을 나는 사랑한다.

병사들을 추악하다고 헐뜯는 사람도 있다. 그러나 병사들이여, 그 따위 험담에 개의치 말라. 오히려 숭고한 추악함의 갑옷으로 무장하라. 당신들의 영혼이 성장하면 영혼은 곧 오만해지고, 당신들의 숭고함 속에는 사악함이 자리 잡을 것이다. 오만한 사람과 약한 사람은 사악하다는 공통점이 있지만, 서로 이해하지는 못한다.

병사들이여, 적을 증오하라. 그러나 멸시하지는 말라. 오히려 적을 자랑스럽게 여기라. 그러면 적의 성공은 곧 나의 성공이 되는 것이다.

노예는 '반항'으로, 병사는 '복종'으로 고귀해진다. 훌륭한 병사에게는 '나는 하려고 한다'가 아니라 '나는 해야만 한다'는 말이 더 잘 어울린다.

병사들이여, 삶에 대한 사랑 대신에 드높은 희망에 대한 사랑을 품으라. 또한 드높은 희망을 삶의 최고 목표로 삼으라. 그리고 복종하고 투쟁하는 삶을 살아가라. 자신을 극복하고 초월한 초인이 되라. 오래 산다는 것이 무슨 소용이 있는가? 전투 중인 병사들에게 위로 따위는 필요 없다. 나는 그들을 위로하지 않을 것이다. 진정으로 사랑할 뿐이다.

# 신은 우리에게
## 사랑이자 증오, 친구이자 적이 되어야 한다

모든 나라와 민족은 각각 그들이 섬기는 고유한 신이 있다. 각 민족들은 자신들의 민족 의식을 고양시키는 모든 덕목들을 숭배하고 있는 것이다. 또한 권력자는 나라의 번영과 민족의 긍지를 위해 희생물을 바칠 민족의 신을 필요로 한다.

원래 종교란 그러한 차원에서 감사를 드리기 위한 한 가지 형식에 지나지 않는다. 따지고 보면 사람은 자기 자신에게 감사하는 것이며, 그 대상으로서 바로 신이 필요했던 것이다. 그렇기 때문에 신은 감사를 드리는 대상이 될 수 있을 뿐만 아니라, 때로는 친구, 때로는 미움의 대상이나 적도 될 수가 있어야 한다.

우리가 섬기는 신은 선한 일에 대해서나 악한 일에 대해서나 똑같이 찬미나 한탄의 대상이 될 수 있어야 한다. 우리에게는 선한 신도 필요하고 악한 신도 필요한 것이다. 그런데 사람들은 신을 선의 신으로만 한정시켜 버렸다.

사람들은 일생을 살아가는 동안 신으로부터 언제나 관용과 은혜만 받는 것은 아니다. 만일 신이 인간의 분노와 복수, 질투와 간계, 폭력 등을 모른다면, 그러한 신이 무슨 소용이 있겠는가? 우리는 신으로부터 위로를 받기도 하지만, 때로는 신을 미워하고 그에게 저항도 할 수 있어야 한다. 그러지 못한다면 무엇 때문에 우리에게 신이 필요하겠는가?

민족이 위기에 처해서 적에게 굴종하지 않으면 안 되는 경우, 그 민족의 신은 강력한 존재로 변모해야 마땅하다. 바로 그러한 때 신이 비굴해지거나 겸손을 내세우며 마음의 평화를 위해 적을 증오하기는커녕 사랑하라고 권유한다면 어떻겠는가?

신이 계속 도덕에 얽매여 경직되고, 민족의 신이 아니라 세계의 신이 되어 민족적 갈망을 충족시켜 주지 않는다면, 그러한 신은 단지 우러러보는 선망의 대상에 지나지 않는다.

이러한 경우에 신은 권력을 향한 의지 또는 권력에 대한 무기력 가운데 하나를 선택해야 할 것이다.

# 4

## 신은 왜 죽었는가

NIETZSCHE

# 신과 교류하는 인간
## 신에게 굴복하는 인간

옛 그리스인들은 신을 바라보는 관점이 유대인들과 전혀 달랐다. 그리스인들은 호메로스의 작품에 등장하는 신들을 숭배하고 섬기지는 않았다. 인간을 신의 노예로 보지도 않았다. 그들은 신을 인간이 지향하는 이상적인 지위나 계급에 속하는 특정 존재로만 보았을 뿐이다.

그렇기 때문에 그리스인들은 신과 인간의 본질이 전혀 다른 것이라고 생각하지 않았다. 신과 인간은 서로 피가 통하는 관계이며, 이해관계가 얽혀서 싸우거나 화해하고 동맹을 맺는 관계로 보았다.

반면에 이탈리아의 여러 농민 종교에 나타나는 신들을 보면, 그리스의 경우와 매우 대조적이다. 이탈리아인들은 아무리 포악한 권력자가 횡포를 부려도 저항하지 않고 굴욕적으로 무릎을 꿇었다. 이런 기질 때문에 그들은 절대 권력자인 신 앞에서도 비굴하게 쩔쩔 매고 숭배하고 따르는 모습을 보였던 것이다.

로마에 뿌리를 내린 그리스도교는 이처럼 본래 권력에 약한 로마인들의 속성에 편승하여 하느님을 절대 권력자로 군림시키는 한편, 죄악의 미명으로 인간을 위협하여 깊은 흙탕물 속에 몰아넣었고, 철저한 죄의식 속에 헤매게 했으며, 마침내 거기에 하느님의 자비로운 빛을 비추어 주었다.

따라서 죄악의 세상에서 아무런 희망도 없이 살던 사람들은 그리스도교를 알게 되자마자 은총의 황홀경에 빠져 하느님을 숭배하는가 하면, 하느님의 은총으로 순식간에 천국이 자기에게 왔다고 믿기 시작했던 것이다.

분명히 말하지만 그리스도교는 그처럼 인간의 병리적 열광의 심리 상태와 감정적 몰입 현상을 이용해서 인간의 이성을 지배하고, 감성과 정서의 고갈을 추구해 왔던 것이다. 그리스도교는 결국 멀쩡한 사람을 죄의식으로 옭아매고 파멸시키거나 마비 또는 도취하게 만들어 왔다.

더구나 그리스도교는 절제를 원하지도 않았다. 그렇기 때문에 엄밀한 의미에서 볼 때 그리스도교는 야만적이며 저열한 반그리스적인 것으로 변모했다. 따라서 자신의 인생을 공허하고 권태로운 것으로 여기던 사람들은 이 종교에 쉽게 굴복해 버릴 수밖에 없었다.

그리스도교는 인간의 죄에 대해 지옥을 내세워 위협하고 처벌하려는 하느님, 속죄를 강력히 요구하는 하느님, 은총을 선별적으로 베풀어 주는 하느님을 강조해 왔다. 만일 그러한 것들이 참으로 예수의 가르침이라면 무수한 성직자들이 세상 사람들을 구원하러 나설 시간과 여유가 어디 있는지 묻고 싶다.

성직자들은 오히려 자신의 죄에 대한 하느님의 처벌에 전율과 공포를 느껴 겸손해지고 은둔자가 되어 오로지 자신의 구원을 위해서만 평생을 바쳐도 시간이 모자랄 판이 아닌가!

그런데 지금 그들은 어떠한가? 자신은 돌보지 않은 채 오직 세상 사람들의 구원을 위해 헌신적으로 나섰다고 말하고 있다.

자기 죄에 대한 속죄조차 힘겹고, 자신을 구원하기도 어려운 마당에, 마치 구원의 약속을 미리 받은 것처럼 태연한 태도를 취하는 성직자들을 보면, 그들이 철저히 무지하거나 정신박약자들이 아닌가 하는 생각마저 든다. 그들이 왜 일시적인 안일 때문에 영원한 진리를 무시하는 바보짓을 저지르는지 나는 도무지 알 수가 없다.

따라서 나는 수많은 성직자들이 스승 예수의 명성과 그에 대한 존경심에 눈이 멀어 진리를 제대로 바라보지 못하는 어리석고도 위험한 장난을 제발 빨리 끝내 주기를 바란다.

# 교회는 권력 유지를 위해 인간을 무기력하게 만들었다

오늘날 인류가 믿고 있는 방식대로라면, 하느님은 인간을 위해 지금보다 더욱 선해야 하고, 인간의 권력이 더욱 강화되고 확대되도록 도모해 주어야 한다. 그래야만 인간은 자신의 본능적, 이성적 힘을 보다 강력하게 발휘하여 이 지상에서 생존을 유지할 수 있는 초인의 전형적인 단계로 향상될 수가 있다. 그것이 인간에 대한 신의 사랑이다.

그런데 그리스도교는 지금까지 인간이 초인적 힘을 갖추는 것을 계속 억제하고 방해했을 뿐만 아니라, 그러기 위해서 악과 악인까지 만들어 냈다. 강한 자를 악인으로 몰고 그를 버림받아야 할 존재로 만들어 강자의 권력 의지를 계속 꺾어야만 저항을 받지 않고 교회 권력을 유지할 수 있기 때문이다.

결국 교회 권력은 가난한 자, 힘없는 자, 비천한 자와 한패가 되었다. 그래서 교회는 인간의 강한 생존 본능을 관념에 그치도록 했고, 다른 최고의 정신적 가치들을 죄악시하고, 나아가서는 그런 가치들에 대한 열망조차 품지 말라고 가르쳤다.

그로 인해 인간의 본능과 이성은 강할수록 더욱 불건전한 것으로 치부되었다. 내가 보기에 가장 안타까운 희생자는 파스칼이었다. 파스칼은 자신의 이성이 원죄 때문에 타락되었다고 믿었지만, 사실 그의 이성은 그리스도교에 의해서 타락된 것이나 다름없었다.

나는 지금 인간의 '도덕'이라는 것에는 구애받지 않고 말하고 있다. 나는 지상의 어떠한 생물이나 개체든 선천적 본성과 본능을 잃어버리고 자신에게 해로운 것들을 선택하고 그것을 즐기는 것을 타락이라고 말한다.

모든 생물은 힘이 강해지면서 성장을 해야만 이 세상에서 종족이 유지되는 반면, 힘에 대한 의지를 잃어버린 생물이나 개체는 계속 쇠퇴하고 멸망해 갔다. 그런데 지금 인류는 힘의 의지가 결핍되어 있다. 그것은 바로 쇠퇴의 가치와 허무주의적 가치가 신의 이름으로 인류의 정신 세계를 지배해 왔기 때문이다.

사람들은 그리스도교를 '이웃을 불쌍히 여기고 동정심을 베푸는 종교'라고 말한다. 그러나 동정심은 삶의 에너지를 높여 주는 강렬한 욕망의 반대 개념이다. 강자가 누군가를 동정하려면 그는 힘을 잃어야 한다.

동정심 때문에 힘이 손상을 입는 것도 문제지만, 가장 큰 문제는 그로 인해 인간의 삶 자체가 손상된다는 것이다. 힘의 손상으로 인한 고통은 동정심을 통해 감염, 확산된다. 결국 경우에 따라서 동정심 때문에 인간의 삶은 그 균형이 무너질 수밖에 없게 된다. 그 실례가 바로 나사렛의 예수였다. 그의 삶의 에너지는 총체적 손상을 입게 되었다.

# 그리스도교는
## 인류의 낡은 골동품일 뿐이다

일요일 아침 교회의 종소리를 들으면서 나는 이런 의문을 품고는 했다. 2천 년 전에 하느님의 아들로 자칭하다가 십자가에 못 박혀 죽은 한 유대 청년 예수의 사건이 지금까지 잊혀지지 않고 추앙되고 있다니!

도대체 어떻게 이런 일이 있을 수 있는가? 참으로 답답한 일이다. 예수가 하느님의 아들이라는 주장은 도대체 무슨 근거가 있는가? 우리 자신도 모두 하느님의 아들이 아닌가.

그리스도교는 아득한 옛날부터 전해 내려온 수많은 인류 유산 가운데 가장 낡은 골동품에 불과하다. 따라서 우리는 그리스도교에 관해 엄밀히 검토할 필요가 있다.

그리스도교라는 낡은 유산이 가치가 있다고 믿는 사람들은 지금도 우리 자녀들을 하느님께서 주셨다고 주장한다. 그리고 오늘의 세상은 말세이며 세상의 종말이 다가왔다고 2천 년 동안 내내 소리치고 있다.

사람들은 지금도 하느님께 기적을 베풀어 달라고 계속 기도

하고 구원과 행복을 간청할 뿐만 아니라, 인류의 죄를 예수가 대신 속죄했다고 공공연하게 주장한다. 그래서 그들은 모두 사후에 지옥에 떨어질지도 모른다는 두려움에 휩싸여 십자가 앞에서 말할 수 없이 굴욕적인 태도를 취하고 있다.

이 모든 말들은 무덤에서 나온 지저분한 유물들처럼 흉측한 모습을 우리에게 드러내고 있다. 나는 사람들이 왜 이런 케케묵은 말에 현혹되어 오늘날까지 어리석은 짓을 저지르고 있는지 이해가 되지 않는다.

# 이성보다 감각을 자극하는 교회의 몽환적 실내 장식

모든 종교가 다 그렇지만, 신을 섬기는 고대의 모든 예배 행사들도 사람들이 이상한 충동적 분위기에 빠져들게 하려고 애써 왔다. 태양신을 섬기든 하느님을 섬기든, 고대의 신전들은 오늘날의 교회와 마찬가지로 한결같이 환각, 경탄, 황홀감을 자아내어 인간을 심리적인 병적 상태로 유도해 왔다.

예배에 참석한 신도들이 이해타산의 냉정한 계산을 하지 못하게 만들고, 순수한 이성적 사고에서 벗어나게 만드는 온갖 수단이 동원된 것이다.

그리스도교의 경우도 교회에 들어온 신도들의 이성을 지배하기 위한 온갖 감성적 장치를 사용해 왔다. 실내 조명을 어둡게 한다든가 침울한 성가의 멜로디를 증폭시켜 긴장감을 조성함으로써 사람들의 정신 집중도를 높이는 것 등이 그 예이다.

또는 설교나 기도의 어조를 높이고 격렬하게 호소하여 감정을 심하게 촉발, 집중시켜 한결같이 사람들을 심리적으로 억압하고 호소력이 강한 예배가 되도록 도모한다. 그것은 하느님의 거처라는 교회의 권위를 동원해서 분위기를 고조시키려는 감각 적인 기교와 장치에 불과하다.

그래서 교회의 여러 곳에 예수의 고난을 연상시키는 공간을 마련하여 하느님이 그곳에 머물러 있는 듯한 위엄을 과시하고 공포심을 자아내는 건축 양식을 선택했던 것이다. 그것은 신도 들이 하느님의 존재를 실감하도록 애절한 인상을 주고, 극도로 감동을 느끼게 하며, 죄책감을 이용해서 신도들의 구원의 희망 을 지배하려는 성직자들이 의도적으로 만들어낸 장치들이었다.

인간은 아무리 신과 종교를 거부하려 해도 종교적인 느낌이 나 분위기의 영향을 전혀 받지 않을 수는 없다. 무신론자들도 감각을 갖고 있는 이상 신앙적인 분위기에는 쉽게 빠져들게 되 는 것이다. 그것은 아무리 음악을 싫어하는 사람이라도 음악이 주는 느낌과 감동에서 예외일 수 없는 것과 같다.

감각과는 거리가 먼 철학 이론조차도 우리에게 무엇인가 희 망적이거나 평화적인 명확한 근거를 제시하면 귀가 솔깃해진 다. 예를 들어 철학이 '화가 라파엘이 그린 마돈나의 눈동자에 깃들어 있는 완전한 복음'에 관해서 언급한다면 그림에 관심이 없던 사람도 눈을 크게 뜨는 것과 그 이치가 같다.

일부 사상가 중에는 그리스도교의 교리에 대해 비판하고 반발하는 경우도 적지 않다. 그러나 어두컴컴한 교회에서 울려나오는 성가나 그 벽에 걸린 성화들이 주는 종교의 감각적 마력 앞에서는 그들의 당당한 이론들마저 허물어지고 맥을 못 추는 것을 볼 수가 있다.

이론은 지성에 호소하지만 감각은 욕구에 의존하고 있기 때문에 둘 사이의 간격은 메울 수가 없다. 이것은 배고픔은 배고픔을 해소하기 위해서 음식의 존재를 입증하려 하지 않고, 다만 음식을 탐내고 있는 데 지나지 않는다는 이치와 같다.

사람들이 철학 중에서도 종교에 관련된 부분을 한층 더 선호하는 이유는 진리가 우리 마음을 위로해 주기를 마음속으로 원하고 있기 때문이다. 우리는 이제 그와 같은 감각적 광기에 도취되거나 광기 자체를 숭배해서는 안 된다.

때로는 어떤 흥분 상태가 사람의 뇌의 기능을 최대한으로 발휘하게 만드는 경우도 있다. 그리고 사람들은 그런 상태에서 어떤 영감을 얻기도 한다. 그래서 광기의 절정에 도달한 사람이나 신탁을 받은 자들을 많은 사람들이 우러러보기도 했다. 바로 여기서 그릇된 종교적 이론의 바탕들이 만들어져 왔던 것이다. 이제 우리는 그런 광기에 휘둘렸던 경박한 사람들에게 좌우되어서는 안 된다.

## 유대민족은 생존을 위해 신을 이용했다

그리스도교는 유대교 그리고 유대 사회의 권력과 부패에 대한 정치적 저항과 반대 운동에서 시작되었지만, 결과적으로는 유대교의 권력과 부패를 더욱 철저하게 강화시켜 주었다.

첫째, 그리스도교는 유대교에 대한 백성들의 저항운동을 논리적으로 더욱 진전시켰다. 구세주의 방식대로 말하면 '인류의 구원은 유대인으로부터 온다'는 말부터가 그렇다.

둘째, 갈릴레아 사람들은 그들 자신이 유대 권력자들에게 이용된 점을 역이용하여 구세주라는 하나의 전형적인 틀을 창출해 낼 수 있었다.

유대 민족은 세계 역사상 가장 특이한 민족에 속한다. 그들은 생존의 갈림길에 부딪칠 때마다 그 어떤 희생과 대가도 치르면서 끈질기게 살아남았다. 그들은 살아남기 위해서 스스로 한계 조건을 만들 수밖에 없었다.

그들은 자연에 적응하고 순응해 가는 삶의 조건을 가질 수 없었기 때문에 자연에 역행하는 반대 개념의 가치를 창출해 낸 것이다. 그것만이 그들의 생존을 지키는 조건이 될 수 있었기 때문이다. 그것이 바로 그들의 종교, 예배, 도덕, 역사, 심리학 등이다.

유대인들의 종교, 율법, 예배, 도덕, 역사가 다른 어느 민족의 경우보다 강력한 것은 그것이 그들의 삶의 조건을 뒷받침해 주기 때문이었다. 그 때문에 유대인들은 자연의 가치에 반대되는 이론을 인위적으로 만들어 냄으로써 세계에서 가장 불우한 민족이 되고 말았다.

유대인들은 자신들의 논리를 정당화하기 위해 인류를 속인 것이다. 나는 이미 그 부분을 〈도덕의 계보〉라는 논문에서 '원한의 도덕'이라는 말로 표현했지만, 바로 그 이유 때문에 유대인들은 그리스도교가 유대인들의 생존을 위해 내놓은 마지막 카드를 배척했던 것이다.

심리학적으로 보면 유대인들은 세계에서 가장 강인한 생명력을 지닌 민족이다. 위기 상황에 처하게 되면 그들은 자기 보존을 위해 자연적인 것보다 인위적 힘을 믿는 자포자기적 본능을 발휘했다.

이 자포자기는 유대교든 그리스도교든, 교회 지도자들의 권력을 강화해 주는 수단으로 이용되었다. 유대교나 그리스도교의 도덕이란 무엇인가? 그것은 모든 인간의 행복은 신에 대한 철저한 복종을 통해서 오는 반면, 모든 불행은 신의 뜻을 거스르는 데서 오는 죄악의 징벌이라는 도덕률이다.

자연적으로 이루어지는 인과관계를 인위적인 죄와 벌이라는 반자연적인 관계로 바꾸어 버린 것이다. 유대교의 종교 지도자들은 이스라엘의 역사까지도 하느님의 역사로 바꾸어 버렸다. 따라서 그들은 이스라엘 민족의 신이며 정의의 신인 야훼(여호와)조차 인간을 구원하는 도구로 만들어 버렸다. 유대인들이 역사를 날조했다는 나의 말은 그런 뜻이다.

그들은 비를 내려 주는 자연의 신 야훼와 이스라엘의 역사를 자신들의 지배 욕구 의지에 의해 신격화함으로써 신의 뜻을 만들어 냈다. 그렇게 하여 권력을 쥔 종교 지도자들은 이스라엘의 자유롭고 유능한 인재들을 모두 비굴한 자, 위선자, 또는 무신론자로 만들어 버렸다. 모든 것을 신의 뜻에 복종했느냐 안 했느냐에 따라 단순화시켜 버린 것이다.

이스라엘은 그 목적을 정당화하기 위해 하나의 계시가 필요했다. 모세에게는 이미 신의 뜻이 계시되어 있지 않은가. 신의 뜻이란 유대 사회를 이끄는 종교 지도자들의 권력 의지, 바로 그것이었다.

백성들은 그들에게 복종하느냐 불복하느냐에 따라 율법에 의해 처벌되었다. 종교 지도자에 대한 불복은 율법을 어기는 것이며, 그것은 곧 신의 뜻을 거스르는 것으로 단죄되었다. 따라서 백성들은 신과 화해하기 위해서 종교 지도자들에게 굴종할 수밖에 없었다. 굴종은 곧 구원이었다. 이리하여 죄는 종교 권력의 무기가 되고 말았다.

# 예수는 인류를 위해서가 아니라
## 특정 종교 권력에 대항한 죄로 죽은 것이다

종교 권력을 장악한 성직 계급에게 가장 필요한 것은 무엇인가? 그것은 곧 죄 많은 사회다. 백성들을 죄인으로 만들고 사회를 죄인으로 채우는 것이 그들의 삶의 조건이 되었다. 교회의 성직자들은 죄로 가득 찬 사회에서만 권위를 발휘할 수가 있기 때문이다.

그래서 사제들은 세상을 죄의 온상이라고 규정하고 백성은 신 앞에서 용서받아야 할 죄인들로 취급했다. '하느님은 회개하는 자를 용서한다'는 명제는 한마디로 사제에게 무릎을 꿇는 사람만이 용서를 받을 수 있다는 말이다.

이처럼 무섭고 막강한 교회의 권력 아래 있던 유대 민족에게 희망이 움트기 시작했다. 바로 예수의 저항운동이었다. 예수의 주장만이 유대 민족의 미래를 보장할 수 있는 희망이었다. 하지만 유대교의 지도자들은 그것을 배척했다.

예수는 유대교에 대해 반항의 횃불을 든 이단자였다. 유대교 사제들의 눈에 예수는 신의 뜻에 저항하는 주모자이자 반역자였다. 예수가 유대교에 대해 반항한 것이 아니라고 말하는 사람들이 있다면 도대체 무엇에 대해 항거한 것이었는지 묻고 싶다.

예수가 쏜 반역의 화살이 향한 곳은 오늘날 우리들이 교회라고 부르는 바로 그것이었다. 예수의 저항운동은 당시 유대교 성직자들과 성직 계급에 대한 저항이었다. 예수는 사회의 부패와 퇴폐가 아니라 종교적 특권 계급에게 반항했고, 당시 신학자들과 사제들의 권력을 부정한 것이다.

그 당시 예수가 유대교의 막강한 권력에 도전했다는 것은 지구상에 존재하던 가장 뿌리 깊은 민족적 삶의 본능과 의지와 그 세력에 대한 도전을 의미했다. 권력에 대한 예수의 저항운동은 오늘날로 말하면 무정부주의자, 즉 정치범의 범죄 행위였다.

예수는 마침내 유대교의 최고 권력에 도전한 죄로 당국에 체포되어 십자가 처형을 받게 되었다. "유대인들의 왕 나사렛의 예수"라고 십자가 팻말에 기록된 것처럼, 그는 이스라엘의 종교 지배 권력에 도전한 죄로 죽은 것이다.

세상 사람들은 예수가 인류의 죄를 대신해서 죽었다고 주장하지만, 나는 그가 인류를 대신해서 속죄하기 위해 죽었다는 증거를 아무 데서도 찾아볼 수가 없다.

# 제자들이 예수에게 채운 족쇄

십자가에서 처형된 예수는 누가 죽였는가? 그 해답은 명료하다. 그를 죽인 것은 유대교의 최고 사제들이었다. 그는 유대교에 대한 반란을 획책한 죄로 처형된 것이다.

죽음이 임박하자 그는 자기 가르침의 확고한 증거를 자신의 죽음을 통해서 보여 주겠다는 것 외에 다른 목적을 가질 수 없었다.

그는 자기 죽음이 사도들에게 용서의 관대함을 보여 주게 될 것이라고는 전혀 예측하지 못했다. 그러나 그의 죽음을 통해서 구세주에 대한 통속적인 기대가 등장했다. '앞으로 하느님의 나라가 지상에 실현될 것이며 구세주가 자기들의 적을 심판하게 될 것'이라는 것이다.

복음서의 저자들은 지상의 나라가 다시 하느님의 나라로 대체될 것이라고 기록한 것이다. 그들은 스승의 죽음을 계기로 유대교의 바리새 사람들과 신학자들에 대한 경멸과 반감, 그리고 복수의 감정을 그런 식으로 드러낸 것이다.

그러나 그들의 복수는 정상적인 것이 아니다. 그것은 마치 옛날 유대인들이 적에 대한 복수를 위해 신을 자기로부터 떼어 놓고 더 높은 곳에 올려놓았던 것과 같다. 그것은 오직 하나인 신의 외아들을 위한 원한의 소산이었다.

이제 그들에게는 '그렇다면 하느님은 왜 예수의 죽음을 허용했는가?'라는 부조리한 의문이 남는다. 이에 대해 예수의 제자들은 참으로 부조리한 해답을 내놓았다. 그것은 하느님이 인류의 죄를 용서해 주려고 자신의 외아들을 희생양으로 삼았다는 것이다.

속죄의 희생은 그처럼 야만적으로 잔인하게 이루어진 것이다. 죄 없는 자가 죄 있는 자들의 죄를 대신 받아 죽는 희생, 이 얼마나 잔인한 이교주의인가!

예수는 죄 그 자체를 없애려고 했다. 또한 예수는 하느님과 인간 사이의 거리마저도 부정했다. 그는 신과 인간을 하나로 보았고 스스로 기쁨 속에서 살았다. 이런 그의 삶은 그에게만 주어진 특권이 아니었다.

하지만 예수가 죽자 제자들은 예수에게 구세주라는 족쇄를 채우기 시작했다. 그리고 최후의 심판과 재림의 가르침이 나왔고, 희생적인 죽음과 부활에 대한 가르침이 나왔다.

이 부활의 가르침 때문에 복음이라는 가장 현실적인 축복의 모든 개념이 제거되었다. 부활보다 더 큰 축복은 없기 때문이다. 죽음 이후의 모든 문제를 유리하게 이끌기 위해 바울로는 율법적으로도 파렴치한 짓을 저지르고 말았다.

그것을 그는 이렇게 논리화했다. '만일 예수가 죽은 사람들 가운데 부활하지 않았다면 우리 신앙은 헛된 것이다.' 따라서 복음서는 실현 불가능한 약속 중에서도 가장 경멸스럽고 수치스러운 가르침을 만들어 내고 말았다. 그것이 바울로의 가르침이었다.

# 영웅도 천재도 아닌 자유주의자 예수

나는 복음서처럼 읽기 힘든 책도 세상에 없다는 점을 솔직히 고백한다. 나 역시 젊은 학자들처럼 문헌학자들의 글을 탐독하던 20대 시절이 있었지만, 지금은 그런 책을 읽기에는 삶이 너무 진지해졌다.

특히 그리스도교의 많은 사도들이 쓴 성서들의 진정성을 어떻게 믿을 수 있단 말인가? 대체로 성자들의 이야기는 가장 애매한 문학 분야 가운데 하나이다. 원전도 없는 이런 책에 어떤 과학적 방식을 적용할 수 있단 말인가?

문제는 예수가 살아 있는 동안 무엇을 했고, 무슨 말을 했으며, 왜, 어떻게 죽었는가에 대한 사실 여부가 아니다. 그보다는 과연 예수라는 한 인간의 삶이 어떻게 복음서 같은 책에서 그렇게 전형화될 수 있었고, 그 전형이 어떻게 계속해서 후세에 전승될 수 있었는가 하는 것이 문제인 것이다.

심리학자 르낭은 예수라는 인간의 유형을 이해하기 위해서 두 가지 개념을 적용했다. 즉, 예수가 영웅이라는 개념과 천재라는 개념이었다. 그러나 복음서의 입장에서 보면 예수를 영웅으로 볼 수가 없다. 복음서에서는 저항이라는 문제에 부딪치면 무능력한 인간이 도덕적인 것으로 묘사하고 있다. 성서에서 '악한 자에게는 대항하지 말라' 고 했기 때문이다.

예수는 악한 자에게 대항했는가? 복음, 즉 기쁜 소식은 약속된 미래의 것이 아니라 현실적인 존재이다. 복음은 지금 우리 마음속에 있다. 현실적인 삶 속에, 그리고 현실의 사랑 속에 복음은 존재하고 있다.

그리고 예수뿐만 아니라 모든 인간도 창조주 하느님의 아들이다. 예수는 자기 자신을 위해서는 아무것도 요구하지 않았다. 그는 신의 아들로서 모든 사람과 평등하다고 말했다. 때문에 사도들은 예수를 영웅으로 만들 수 없었다.

우리가 오늘날 정신이나 문화라고 하는 것들은 예수가 살고 있던 시대에는 아무 의미가 없는 개념이었다. 그런 개념조차 없었던 시대에 예수를 천재라고 규정할 수는 없었다. 따라서 예수는 영웅도 아니고 천재도 아니었다. 그리고 하느님의 나라는 예수가 창시한 말이 아니라 이미 우리들 안에 있었다.

다시 말하지만, 나는 예수를 구세주라는 전형적인 틀 속에 넣는 것을 반대한다. 예수가 구세주라는 것은 초대 교회의 사도들이 상징적인 것과 추상적인 것 가운데 떠돌고 있던 한 가지 개념을 미숙한 상태로 변형시켜 놓은 것일 뿐이다.

초대 교회는 들판의 설교자 예수를 공격하는 광신적 이단자들과 유대교 지도자들에 대항하여 그들과 논쟁하고 그들의 악의를 격파할 인물이 필요했다. 따라서 초대 교회 지도자들은 자신들의 필요에 따라 자신들에게 알맞은 신을 만들어 낸 것이다.

그 이후 초대 교회는 복음서와 상충되는 개념인 '재림'이나 '최후의 심판'이라는 미래적인 기대와 약속을 주저없이 만들어 냈다. 따라서 '구세주'란 당시 사회의 역사와 운명이 만들어 낸 것일 뿐이다. 그러나 엄밀한 의미에서 예수는 구세주라는 틀 속에 정형화되어야 할 인물이 아니다.

# 신앙은 기적이 아니며
## 성서로 증명되는 것도 아니다

복음이란 '기쁜 소식'이라는 말이며, 거기에는 아무런 부담과 모순이 없어야 한다. 천국은 그저 어린아이들의 것일 뿐이다. 복음에서 비롯된 그리스도교 신앙은 인간이 투쟁을 통해서 얻은 것이 아니다. 복음이란 그저 처음부터 자연스럽게 사람의 마음속에 있었던 것이고, 정신 속에 퇴화된 지극히 어린이다운 순수한 것에 불과하다.

신앙이란 분노하는 일도 없고, 질책도 없고, 스스로 방어하는 일도 없다. 그처럼 신앙이란 기적도 아니고 보상과 약속도 아니며, 성서에 의해서 증명되는 것도 아니다.

신앙은 그 자체가 이미 매순간 기적이며, 보상이었고, 그 자체가 증명이며, 하느님의 나라였다. 신앙은 어떤 한 가지로 정형화될 수 없는 것이다. 왜냐하면 신앙은 현재 살아 있는 것이어서 형식의 틀에 묶이는 것을 싫어한다. 물론 신앙은 사람들이 사는 환경이나 언어나 소양에 의해 어느 정도 개념의 범위가 정해지는 일은 있다.

초대 교회에는 셈족의 유대인적 개념만 있었다. 예를 들면 만찬 의식도 교회가 악용한 개념 중 하나이다. 만일 예수가 인도 사람이었다면 수론파였을 것이고, 중국인이었다면 노자를 따랐을 것이다. 그렇다 해도 별 차이를 느낄 수 없는 인물이었다. 조금 느슨하게 표현하면 예수는 자유주의자였다.

예수는 어떠한 것도 도식화하기를 싫어했다. 그것은 어떤 것을 말로 고착시키는 것조차 그가 싫어했다는 것을 보면 안다. 어떤 것을 고착화하고 도식화하는 것은 죽은 것이다. 예수만 깨닫고 있었던 삶의 방식, 그가 경험으로 깨달은 것들은 유대 사회에서 고착되어 버린 모든 종류의 언어, 형식, 법칙, 신앙 교리와는 반대되는 것들이었다.

예수는 가장 내면적인 것들만 말했다. 가령 생명, 진리, 빛 등은 가장 내면화된 그의 말들이었다. 그 밖의 것들은, 모든 현실이나 언어까지도, 예수에게는 하나의 기호와 비유에 지나지 않았다.

그처럼 독특한 상징주의자는 어떤 종교나 예배, 어떤 역사나 자연과학, 어떤 세계적인 경험, 어떤 지식과 정치와 책과 예술과는 전혀 관련이 없어야 한다. 더구나 예수는 어떤 특정 지식이나 문화와도 싸워야 할 이유나 필요가 없었다.

　국가, 사회, 노동, 전쟁도 마찬가지였다. 이 모든 것을 '속세'라고 말한다면 예수는 속세를 부정해야 할 이유가 없었다. 따라서 예수는 세속적인 교회 조직의 개념을 예감한 적도 없었다. 예수가 오늘날과 같은 거대한 그리스도교의 교회 권력과 조직을 상상이라도 했겠는가.

　교회가 저지르는 부정과 불의란 예수에게는 전혀 상상할 수 없는 일이었다. 동시에 예수에게는 변증법도 없었고, 신앙과 진리가 어떤 근거에 의해서 증명되어야 한다는 생각조차도 전혀 없었다. 그는 자유주의자였을 뿐이다. 그가 증명할 수 있는 것은 오직 내면적인 빛, 내면적인 행복, 자기 긍정, 그리고 순수한 힘뿐이었다.

　그와 같은 예수의 교훈에 대해서는 이론의 여지가 없다. 예수는 그것 자체가 교훈이 되리라는 것도 전혀 깨닫지 못했다. 만일 예수가 죄악을 저지르는 교회의 미래를 미리 내다보고 깨달았더라면, 그는 후세 사람들이 세워 놓은 이 교회의 절대 권력과 맹목적인 가치들 때문에 심한 비탄에 잠겼을 것이다.

# 누가 사람의 아들이며 누가 신의 아들인가?

예수의 참모습과 그의 참된 가르침을 알기 위해서는 유대교와 성서에 관한 근본적인 이해가 필요하다. 그래야 예수가 유대 교회의 가르침과 종교 권력에 저항한 이유를 알 수 있기 때문이다.

유대교의 하느님은 인간의 죄를 무섭게 처벌하는 분이었다. 그러나 복음서를 보면, 인간은 하느님 앞에서 아무런 심리적 부담도 느끼지 않는다. 거기에는 처벌도, 인과응보도 없다. 오직 사랑과 용서만 있다. 죄 때문에 인간과 신 사이를 떼어 놓지도 않는다. 그야말로 문자 그대로 복음, 즉 기쁜 소식이다.

그리스도교 신도들이 다른 종교의 신도들과 다른 점은 그들이 복음을 행위로 실천한다는 것이다. 그들은 악의를 품고 남을 미워하지 않는다. 고향 사람이든 이방인이든, 유대인이든 유대인이 아니든, 아무도 차별하지 않는다. 인류는 평등하다. 그들에게 이웃은 신앙의 벗이다.

화를 내서도 안 되고, 남을 멸시해서도 안 되며, 헛된 맹세도

하지 않는다. 아내의 부정이 발각되어도 이혼해서는 안 된다. 이런 것들이 그들에게 명제로 주어졌을 뿐이다. 물론 이런 명제들은 인간의 본능에서 추론된 것이다. 때문에 신도들은 거기에 따르기만 하면 된다.

예수는 이 명제들을 일생을 두고 실천했다. 그의 삶과 죽음조차도 그런 삶의 철학을 실천에 옮긴 데 지나지 않았다. 예수는 하느님과 대화를 나누기 위해서 아무런 형식도 의식도 필요하지 않았다. 기도마저 필요가 없었던 것이다. 그래서 예수는 유대교적 속죄와 참회의 가르침도 모두 거부해 버렸다. 사람이 하느님의 축복을 받고, 하느님의 아들이 되기 위해서는 위에서 말한 명제들을 따르는 삶을 살아야 하고, 그것을 실천하는 길밖에 없다는 것이 그의 생각이었다.

하느님 앞에 나아가는 길은 참회도 아니고 죄의 용서를 바라는 기도도 아니다. 복음의 실천만이 하느님 앞에 나아가는 길이다. 따라서 예수는 죄의 용서와 신앙에 의한 구원이라는 유대교의 여러 논리를 과감히 버렸던 것이다.

유대교의 모든 가르침은 복음에 의해 철저히 부정되었다. 예수는 하늘나라와 영원한 삶을 얻으려면 어떻게 살아야 하는가를 본능적으로 깨달았다. 그것만이 예수의 심리적 현실이었다.

그것은 예수가 유대교 신앙을 거부하면서 갖추게 된 새로운 가설과 논리였지, 새로운 신앙은 아니었다.

내가 예수라는 위대한 상징주의자에 관해서 인정하는 점이 있다면 그것은 그가 인간의 내면적인 진실, 다시 말하면 내면적인 현실과 진리를 직시할 수 있었다는 점이다. 예수는 인간의 내면적인 현실과 진리 이외의 모든 자연, 시간, 공간, 역사를 오직 하나의 비유적 기호로 이해했을 뿐이었다.

## '하늘나라'는 죽어서가 아니라
## 살아서 경험하는 마음의 한 상태일 뿐이다

예수를 '인격자인 신'이라든가, '하느님의 아들'이라든가, '삼위일체의 하느님'이라고 하는 비그리스도적인 호칭들은 미숙한 종교적 장치이며, 한마디로 사람들의 눈앞에 주먹을 내미는 것처럼 폭력적인 것이다.

이것이야말로 상징을 비웃는, 세계사에도 유례가 없는 것이다. 교회가 상징주의를 어떻게 교묘하게 악용해 왔는지를 생각하면 한없는 부끄러움마저 느낀다.

복음서에서 사용된 '아버지'와 '아들' 역시 상징일 뿐이다. '아버지'와 '아들'은 기호로서는 나누어질 수 있지만 그 상징성은 분리될 수 없다. 아버지란 영원성과 완전성의 표현이며, 아들이란 모든 사물의 총체적인 정복을 의미한다.

'하늘나라' 역시 마음의 한 상태일 뿐이다. 하늘이란 지상을 초월한 어떤 것도 아니고, 죽음 뒤에 오는 어떤 것도 아니다. 복음서에는 죽음이 자연적인 귀결이라는 개념이 없다. 죽음은 이 세상과 또 다른 세상을 이어 주는 다리도 아니고 그 과정도 아니다. 인간의 죽음이란 단순히 어떤 가상적 이론이나 기호로만 표현되는 전혀 별개의 세상에 속하는 것이기 때문이다. 죽음이 또 다른 어떤 시작이라는 것은 그리스도의 개념이 아니다.

'하느님의 나라'는 사람들이 기대하거나 상상하는 것과는 아주 다르다. 그곳은 내일도 어제도 없고 천년을 기다려도 돌아오지 않는다. '하느님의 나라'는 오직 우리가 살아 있는 동안 마음속에 존재하는 하나의 경험에 불과하다. 그래서 천국은 어디에나 있을 수도 있고 아무 곳에도 없을 수도 있다.

이렇게 복음, 즉 '기쁜 소식'을 전해 준 예수는 죽었다. 인간을 구원하기 위해서가 아니라 인간이 어떻게 살아가야 할 것인가를 제시하기 위해서 죽은 것이다. 그리고 그가 인류에게 전해 준 것은 오로지 사랑의 실천뿐이었다.

우리는 그가 재판관 앞에서, 자신을 체포한 자들 앞에서, 자기를 고발한 자들 앞에서, 자기를 비방하고 조소하고 학대하는 자들 앞에 보여 준 태도를 잘 알고 있다. 그는 십자가에 못 박히면서도 반항하지 않았고, 자기 권리를 주장하지 않았으며, 최악의 상황에서도 자신을 방어하려고 하지 않았다. 자기를 학대한 자들을 위해 괴로워하고 기도하고 그들을 사랑했다.

그는 일반적인 허위보다도 성스러움을 내세우는 허위에 대항하는 본능과 열정적인 정직성을 갖추고 있었다. 예수는 그런 사람이었다. 그러나 교회의 권력자들은 수치조차 모르고 자신들의 욕심과 이익을 위해 복음과는 전혀 반대되는 거대한 교회의 탑을 세웠다.

저 거창한 세계적 연극의 막후에서는 그의 신성을 빈정거리고 손끝으로 조종하는 교회의 권력자들이 교회 자체를 신성시하며 허리를 굽히고 있다는 사실을 잊어서는 안 된다. 인류 역사상 이보다 더 심한 역설은 없다.

# 예수를 또 한 번 십자가에 못 박은
사도 바울로

예수는 누구를 부정했고, 무엇에 저항했으며, 무엇을 세속적이라고 말했는가. 그런 의미에서 사도 바울로의 등장은 가장 나쁜 소식이 되었다. 사도 바울로는 바로 예수가 부정하고 저항했던 바로 그 대상을 다시 긍정했기 때문이다.

그는 예수를 자신의 십자가에 또 한 번 못 박았다. 예수의 생애와 가르침과 죽음, 복음의 진정한 뜻과 권위마저도 증오에 찬 위조지폐로 만들어 버린 것이다. 바울로가 성서를 통해 시도했던 것은 권력이었다. 다른 종교의 지도자들처럼 종교 권력을 통해서 백성들을 압도하고 힘을 조직화하는 데 교리를 상징적으로 사용한 것이다.

그의 방법론은 훗날 이슬람교가 빌려 썼다. 즉, 그리스도교 성직자들의 독재, 그리고 조직 관리의 수단과 방식은 바로 바울로에서 비롯된 것이다. 그로 인해 그리스도교는 국가의 정치 권력에 뿌리를 내리게 된다. 우리는 바로 그 점을 과소평가해서는 안 된다.

오늘날의 사회에서는 개인이든 집단이든, 특권이나 독점 지배가 용납되지 않는다. 국가의 경우도 그런 경우에는 혁명이 일어난다. 더구나 그리스도교는 바로 저 높은 자들이 독점한 권력에 저항하는 백성들의 봉기였다. 예수는 권력에 대한 백성들의 분노와 그들의 눈물에 한없이 연민을 품었던 저항자였다.

그런데 예수가 죽은 후 그의 정신은 어디로 갔는가. 본래의 그리스도 정신은 계속 타락의 길만 걸어가지 않았던가. 복음서에는 남을 심판하지 말라고 했다. 하지만 교회 권력은 자기들을 방해하는 모든 세력이나 개인을 지옥의 이름으로 심판하고 처단했다.

그들은 하느님이 심판하게 함으로써 그들 자신이 심판하고 있었으며, 하느님을 찬미함으로써 그들 자신을 찬미하고 있었다. 바울로가 인류 역사에 저지른 죄는 너무 크다. 그는 초대 교회의 역사를 송두리째 날조해 버렸고, 자신이 독자적으로 만든 원시 그리스도교의 역사 위에 이스라엘 역사를 고쳐 쓴 죄를 저질렀다.

복음서는 오로지 교회 권력에 유리한 도덕만 강조하고 있다. 하지만 인류는 바로 그런 도덕 때문에 기만당해서는 안 된다. 그러면 복음서는 무엇이며 누가 썼는가? 바로 유대교를 반대한 유대인인 그리스도교 신도들이 썼다. 결국 유대교에 저항한 그리스도교든, 그리스도교를 배척한 유대교든, 모두 유대인들의 종교였다.

그리스도교는 유대교에 새로운 방식의 유대인적 삶의 방식을 제시했고, 유대교는 그것을 수용하지 않았기 때문에 반목이 생겼을 뿐이다. 우리는 예수가 유대인이었으며 그를 재판한 사람들도 유대인이었다는 사실에 주목해야 한다.

모든 것은 그들끼리 벌인 싸움이었다. 유대인들이 오랫동안 보존해 온 유대 정신 중에서 수구와 진보 가운데 어느 쪽을 선택하느냐 하는 정치적 싸움이었다. 그리스도교는 유대교보다 훨씬 자유로운 신조를 강조한, 또 다른 이름의 유대교에 지나지 않는다.

그리고 사도 바울로가 그 중심에 서 있다. 나는 바울로가 주장한 창조적 하느님은 이미 하느님을 부정한 것이라고 본다. 복음서의 상당 부분은 현실을 외면하고 있다. 만일 복음의 어떤 부분에서도 현실의 권리를 주장하면 할 말을 못 하게 된다. 따라서 속세의 지혜인 과학이 종교와 부딪치는 것은 필연적이었다.

'그렇게 믿어라' '그렇게 행하라'는 식의 명령에 따르는 신앙은 속세의 지혜로 본다면 도저히 현실성이 없는 것이고, 과학에 대한 거부이자 허위다. 따라서 바울로는 신앙이 과학과 겨루기 위해서는 거짓이 필요하다는 사실을 일찍이 간파했던 것이다.

이렇게 바울로에 의해 날조된 하느님은 속세의 지혜인 과학을 비방하고 있다. 하지만 하느님은 인간의 세속적인 지혜를 비난하는 존재가 아니다. 다만 바울로가 하느님을 그렇게 만든 것뿐이다. 모세의 율법은 그 자체가 모두 현실성이 없는 철저히 유대적인 것이 아닌가!

바울로는 그렇게 해서 알렉산드리아의 과학으로 무장된 우수한 문헌학자들과 의학자들을 적으로 삼아 싸움을 걸었던 것이다.

# 여자가 사과를 따 먹음으로써 인간은 과학을 얻게 되었다

　　복음서의 앞부분을 보자. 하느님은 인간을 창조하고 보기에 좋았다고 써 있다. 하느님은 인간 이외에 다른 종류의 동물들도 만들었다고 써 있다. 그러나 그것은 신의 실패였다. 인간은 동물을 좋아하지 않았던 것이다.

　인간은 동물을 지배했지만 결코 동물을 닮으려 하지 않았다. 그 결과 하느님은 인간이 좋아할 수 있는 다른 동물을 만들었다. 그것이 여자였다. 하와라고 불리는 그 여자는 본질상 뱀이다. 그것을 그리스도교 지도자들은 잘 안다.

　'이제 여자 때문에 모든 인류의 재난이 시작되었다.' 그것도 그들은 잘 알고 있다. '그와 동시에 여자 때문에 과학이 시작되었다.' 그것도 그들은 잘 알고 있다. 왜냐하면 하와 때문에 금지된 열매를 따 먹게 되고, 그 결과 인류는 지혜를 얻게 되었기 때문이다.

　인간의 지혜는 곧 과학이다. 그러자 무슨 일이 일어났는가? 하느님에게는 골치 아픈 일이 생긴 것이다. 하느님은 인간을 창조합과 동시에 자신의 적도 함께 창조하는 실수를 저질렀다. 과학이 점차 인간에게 신의 기능과 역할을 대신해 줄 수 있기 때문이다.

과학이 신의 역할을 대신한다면, 하느님도 인간도 그리스도교 지도자들도 모두 끝장나는 세상이 된다. 도덕의 측면에서 본다면 과학 자체는 금지된 열매나 마찬가지였다. 그래서 하느님은 바로 인간의 지혜인 과학을 금지했던 것이었다. 과학은 인간이 하느님께 지은 최초의 죄이자 죄의 싹인 원죄가 된다. 그 과학이 바로 그리스도교가 금하는 도덕적 원죄이다.

그래서 하느님의 추종자들은 어떻게 과학을 막아낼 것인가를 고민하기 시작했다. 과학이 날로 발달하여 신의 영역에 도전하면 할수록 신은 무력해지고 그 결과 하느님을 섬기는 그리스도교 사제들의 힘도 약화되며, 그들은 설 땅이 없어진다.

그것은 이제 하느님의 고민이 아니라 그리스도교 지배 권력의 고민이 된 것이다. 따라서 그 문제를 해결하기 위해서 찾은 방법은 지혜를 가진 인간을 낙원에서 추방하는 것이었다.

낙원이란 무엇인가? 인간에게 낙원은 행복, 기쁨, 즐거움, 한가로움이었다. 한가로움은 인간을 사색으로 인도한다. 그래서 그들은 모든 사색을 부도덕한 것으로 만들기 시작했다. 동시에

그리스도교는 죄, 죽음, 고통, 질병, 노쇠 등을 동원하여 인간
속의 낙원을 추방하기 시작한 것이다.

## 과학의 발전을 막기 위해
## 죄와 벌의 개념을 날조했다

복음서는 과학과 투쟁하기 위해 많은 부분이 날조되었다. 그리고 그리스도교 세력들은 수없이 전쟁을 일으켰다. 지상을 지옥으로 만드는 데 전쟁처럼 좋은 수단은 없기 때문이다. 또한 전쟁만이 과학을 파괴하는 강력한 무기였기 때문이다.

그럼에도 불구하고 인간의 지혜인 과학은 더욱 발전해 간다. 과학의 발전은 신과 그 추종자들의 몰락을 의미한다. 이제 독자들은 내 말을 이해할 수 있을 것이다. 성서는 바로 '인간을 불행과 비극과 죄의식으로 묶어두려는 논리'에서 출발한 것이다.

이 논리에 따라 우리는 태어날 때부터 원죄의 멍에를 짊어지고 원죄의 죄책감으로 불행과 비극을 겪어야만 했고, 거기서 구원을 받기 위해서는 신과 신의 추종자들의 권력 앞에 무릎을 꿇어야 했던 것이다. 이러한 도덕 체계가 과학에 대항하려고 날조한 것이 바로 죄와 벌의 개념이다.

인간은 고뇌를 겪어야 하는 존재다. 인간은 교회의 사제들에게 필요한 만큼 괴롭게 살아야 한다. 이런 인간에게 필요한 것은 구세주다. 구세주를 통하지 않으면 천국은 없다. 그렇다면 지옥은 누가 만들었는가? 죄와 벌의 개념은 은총, 구원, 용서의 가르침을 함께 포함하고 있다. 심리학적 근거도 없는 철저한 거짓과 허위가 날조되었다.

어떤 행위의 결과가 미신에 따른 허황된 유령에 의해, 혹은 신에 의해, 혹은 성령에 의해 도덕적 결론인 보상이 되고 계시나 벌이나 교육의 수단이 되었다면 그것은 인간의 자유로운 인식이 소멸된 것이나 다름없다. 이미 결론이 나 있는 결과에 대해 무슨 인식이 필요하단 말인가? 이처럼 인류에 대한 자기 모독은 과학과 문화, 인간의 무한한 잠재력의 향상과 품위 유지를 불가능하게 만든다.

여기에 덧붙여서 말한다면 순교자들의 죽음은 인류 역사상 가장 큰 불행이었다. 순교는 무수한 사람들의 마음을 몹시 현혹시켜 왔다. 자기 생명을 진리의 증거로 바쳤다는 그 사실만으로 진리의 가치를 조금이라도 더 높였던 사람이 있었던가? 이 오류의 유혹은 그 매력이 매우 강하다.

신학자들이여! 그대들의 허위를 폭로하기 위하여 순교의 기회를 그대들에게 주어야 한다고 믿는가? 모든 박해자들이 순교의 매력을 교회에 선물로 주었다는 것 자체가 세계사적인 바보

짓이었다.

교회는 사람들의 어리석음을 이용해서 그들에게 피로써 진리가 증명된다고 가르쳤다. 그러나 피는 진리에 대해 저지르는 죄악의 증거이고, 순수한 학설을 병균으로 더럽히는 일이며, 진리를 망상과 증오로 바꾸어 놓는 일이다.

누군가가 자신의 학설을 증명하려고 산 채로 불속에 뛰어들었다고 치자. 그의 행동이 과연 무엇을 증명하겠는가? 그의 학설은 그의 몸이 불에 타서 소멸된 결과 생겨난 것일 뿐, 그것이 진리라고 증명되는 것은 아니다.

그리스도교는 인간을 죄악시하고 비하하고 부정하며, 육체를 경멸하고, 죄의 개념을 통해서 자신을 죄인으로 여기며, 결국 인간을 모독하고 타락시키고 있다. 그것이 바로 악취를 풍기는 유대적인 율법주의 그 자체이다. 그것은 예수가 2천 년 전에 홀로 유대교 율법에 저항하던 그 순수한 이념이 아니다. 사도 바울로가 예수를 자신의 십자가에 못 박았다고 말한 것은 바로 그 때문이다.

## 종교개혁은 부패한 그리스도교를 둘로 갈라놓았을 뿐이다

그리스도교는 우리에게서 고대 문화의 성과를 빼앗아갔다. 그리고 이슬람 문화의 성과도 빼앗아갔다. 또한 로마와 그리스보다 더 친근했던 스페인 무어인들의 문화마저 짓밟았다. 무어인의 문화는 남성적 본능에 근거한 고귀한 근원을 갖고 있었다. 그들의 삶은 훨씬 긍정적이었다. 그런데 왜 그들이 십자군의 기사들에게 짓밟혀야 했는가?

십자군이 해적들이라는 것은 잘 알려진 사실이다. 나는 왜 독일의 귀족들이 해적들의 전쟁에 가담했는지 잘 알고 있다. 독일 귀족들은 언제나 로마 교회의 친위대였을 뿐만 아니라 로마 교회의 온갖 사악한 야망에 봉사해 왔다. 로마 교회는 독일인들의 칼과 피와 용기를 빌려서 세상의 모든 고귀한 것들을 향하여 적의에 찬 전쟁을 벌였다.

'로마 교회를 겨누어 칼을 휘둘러라. 이슬람교도들과는 평화와 우호를!'

독일 황제 중에서도 천재에 속하는 프리드리히 2세는 그런 구호를 외쳤고, 또한 그 구호를 실천에 옮겼다. 독일인들이 균형 감각을 갖추기 위해서는 모두 천재가 되어야 한단 말인가? 나는 독일인들이 왜 그리스도교적 감각을 갖추게 되었는지 이해할 수가 없다.

하지만 독일인들은 자신들에게도 몇 배나 고통스러운 추억을 만들어 버렸다. 유럽인들이 수확해야 할 르네상스의 위대한 문화적 결실을 독일인들이 모두 **빼앗아** 버렸기 때문이다. 독일인이 바로 그리스도교의 본거지를 공격하게 된 것이다.

지상의 모든 권력을 압도하는 최고 권력의 아성이자, 모든 사람을 전율시키는 찬란하고 신성한 대상이며, 악마인 듯 불멸의 예술인 듯 군림하던 로마 교황의 권력이 무너진 것이다.

나는 그것을 통해 하나의 연극을 보았다. 매우 의미심장하고 놀랄 정도로 역설적이어서 올림푸스의 모든 신들도 불멸의 웃음을 띠었을 한 편의 연극이 연출되었다. 내가 바랐던 것이 승리한 것이다.

그것은 독일의 한 수사신부 마르틴 루터, 복수의 본능을 지닌 이 수사신부가 로마에 대항해서 르네상스의 반란을 일으킨 것이다. 루터는 로마 교회를 공격함으로써 새로운 교회를 부활시켰다. 종교개혁은 라이브니츠, 칸트, 그리고 모든 독일 철학의 해방 전쟁이었다. 제아무리 철옹성 같은 것도 회복 불가능한 과거의 유물로 만들어 버릴 수도 있다는 사실을 종교개혁을 통해서 알게 되었다.

그러나 나는 여기서 독일인들이 또다시 나의 적이 되었다는 점을 솔직히 고백한다. 나는 그들의 비겁함을 경멸할 수밖에 없다. 그들은 무려 천년 동안이나 만지작거리면서 가지고 놀던 가치를 분규와 혼란 속에 몰아넣었다. 종교개혁으로 그리스도교도들은 유럽을 양심의 회색지대로 만들어 버린 것이다.

그것은 개혁이라기보다 가장 불결하고 가장 치유하기 어렵고 가장 완고한 것을 두 개로 쪼갠 것에 불과하다. 그것이 바로 오늘날의 가톨릭과 개신교다.

개신교는 독일 철학의 원조이자 원죄이며 반신불수이다. 그것은 지금도 우리를 가책의 궁지로 몰아넣고 있다. 이제 독일은 그리스도교를 완전히 종식시키지 못하고 두 개로 쪼갠 책임을 져야 할 것이다.

# 바울로는 로마 제국을 접수한 천재 전략가였다

그리스도교도들과 무정부주의자들은 맥락을 거의 같이 한다. 그들의 목적과 본능은 오직 파괴를 일삼고 있다는 것이다.

종교법의 절차를 보면 그 목적은 위대한 교회 조직을 영원히 유지하는 데 있다. 바로 교회 체제 안에서만 인간의 삶이 번영할 수 있기 때문이라는 것이다.

그 증거는 역사에서 확실히 읽을 수 있다. 청동보다 영원한 존재이자, 인류 역사가 이루어 놓았던 가장 대규모 조직이었던 로마 제국은 저들 무정부주의자들에 의해 게르만인들이나 다른 촌뜨기들도 지배할 수 있을 정도로 몰락하고 말았다.

그리스도교는 로마 제국의 흡혈귀 같은 존재였다. 오랫동안 이룩한 로마 제국의 위대한 업적을 그리스도교가 하룻밤 사이에 몰락시킨 것이다. 사람들은 아직도 그 사실을 모르고 있다.

로마 제국은 폭군 황제들이 등장했을 때도 무너지지 않고 견고하게 버텨 나갔던 나라다. 그러나 로마는 가장 부패한 그리스도교의 조직을 끝내 막아내지 못한 것이다. 그리스도교라는 벌레는 칠흑 같은 밤과 안개를 이용하여 백성들 개개인에게 여성적 감미로움으로 달라붙고 구석구석 침투하여 거대한 로마 제국을 쓰러뜨렸다.

로마의 남성적인 고귀한 본성은 이처럼 은밀한 벌레들의 음모와 비밀 예배, 무고한 사람의 희생의 피를 마시는 행위 등과 결탁한 결과 무너진 것이다.

그리고 그 막강한 로마 제국을 무너뜨리는 선봉장은 다름 아닌 유대인 바울로였다. 그는 로마뿐 아니라 전 세계의 정복자가 된 영원한 유대인 천재 전략가였다. 그는 예수를 박해한 유대교에서 이탈하여 세력이 약한 상태였던 그리스도교의 종파들을 집결시켜서 '세계를 태워 버릴 거대한 불길을 점화하는 방법'을 간파했다.

그가 상징으로 내세운 것은 바로 '십자가에 못 박힌 신'이었다. 그는 당시에 은밀히 로마 권력에 저항하는 세력들과 무정부주의자들의 음모를 집결시켜 하나의 거대한 권력을 창출해 내고 말았다. 그가 내세운 것은 유대인들이 늘 말하던 '모든 구원은 유대인들로부터 나온다'는 구호였다.

모든 힘을 집결할 수 있는 통찰력은 바로 바울로의 천재성에서 나온 것이다. 그는 본능적으로 모든 종교에 대해 맹렬히 공격하면서 스스로 구세주의 대변인이 되었다. 그는 이 세상을 무가치한 것으로 만들기 위해 불멸의 신앙이 필요하다는 것을 알았고, 지옥의 이름으로 로마를 지배할 수 있다는 것도 알았다. 구원과 천국이라는 말 하나만으로도 현실적 삶은 부정된다는 사실도 간파했다.

독일에서는 그리스도교와 허무주의가 같은 의미로 통한다. 역사상 유래 없는 강대국 로마 제국은 게르만 민족에게 짓밟힌 것도, 다른 강력한 야만족에게 유린된 것도 아니다. 오히려 교활하고 치밀해서 눈에 띄지 않는 유대인에게 능욕당했고, 속에 감추어 둔 복수심과 비열한 질투심에 사로잡힌 한 유대인의 포로가 된 것이다.

저들 무리가 어떻게 로마 제국을 차지하게 되었는지를 이해하기 위해서는 성 아우구스티누스의 글을 읽는 것으로 충분하다. 그러면 교부들이 얼마나 현명한 방법을 썼는지 잘 알 수가 있다.

이슬람교는 본래부터 그리스도교를 경멸하고 있었지만, 이슬람교도들에게는 그럴 권리가 얼마든지 있다. 이슬람교는 남성적 토대 위에 서 있기 때문이다.

# 기도의 조건을 부정하면서 기도를 부추기는 모순

기도는 지금까지 남아 있는 인류의 관습 가운데 가장 오래된 것이다. 기도는 두 가지 전제 조건이 충족되어야만 성립될 수 있다. 첫째, 기도하는 사람이 신의 기분을 가라앉히거나 바꿀 수 있을 때 기도는 비로소 가능하다. 둘째, 기도하는 사람이 자신에게 절실히 필요한 것, 자신이 간절히 바라는 것이 무엇인지 분명히 알 때 기도는 비로소 가능하다.

이 두 가지 조건은 대부분의 종교가 채택하고, 지금까지 인류가 계승해 온 것이다. 그러나 오로지 그리스도교에서만 이 조건들이 부정되었다.

그리스도교의 신은 다른 모든 종교의 신들과 비교할 수 없을 정도로 전지전능하며, 인간의 모든 것을 배려하는 이성적인 존재이기도 하다. 그런 신을 섬기는 종교에서는 기도란 근본적으로 무의미할 뿐만 아니라, 어쩌면 기도 자체가 하느님에 대한 모독이 될 수도 있다. 자신이 소망하는 것을 달라고 기도하는 사람에게 전지전능한 하느님이 줄 수 없는 것이 어디 있으며,

그러한 하느님을 모신 사람들이라면 더 이상 바랄 것이 어디 있어서 기도가 필요하겠는가?

그런데도 그리스도교가 기도를 버리지 않고 있는 것은 참으로 이상한 일이다. 바로 그 점에서 그리스도교는 놀라울 만큼 뱀의 교활함을 드러내고 있다. 만일 그리스도교가 '기도하지 말라'는 교리를 가르쳤다면 신도들은 권태를 느낀 나머지 다른 종교로 모두 개종하고 말았을지도 모른다.

그러나 그리스도교는 '기도하라, 그리고 일하라'고 가르쳐 왔다. 그것은 기도를 오락의 대용품 정도로 여긴다는 뜻이다. 만일 그리스도교에 '기도하라'는 말이 없었다면, '육체 노동'을 스스로 포기한 불행한 성직자들이 할 일이 도대체 무엇이며, 성자들은 또 무슨 할 일이 있겠는가?

하지만 기도를 통해 신과 대화하도록 유도하면서도, 그들은 하느님에게 자기가 원하는 것을 달라고 졸라대는 신도들의 무지와 어리석음을 이렇게 나무라고 야유하고 있다.

'이토록 전지전능한 하느님 아버지를 모시고 있는데 더 이상 무엇을 바라느냐?'

이것이 그리스도교의 성자들이라는 사람들이 고안해 낸 기발한 착상이다.

# 저 세상을 찬미하는 자들은 먼저 저 세상으로 가라

세상은 지상의 삶보다 천상의 삶이 더 가치가 있다고 설교하는 사람들로 가득 차 있다. 이러한 사람들은 세상에 심한 해독을 끼친다. 그들이 외치는 '영원한 삶'으로 그들을 이 세상에서 추방할 수만 있다면!

그들은 오로지 자학만을 선택한 무서운 자들이다. 그들이 말하는 쾌락도 자학에 불과하다. 지상의 삶을 버리라고 남들에게 설교만 할 것이 아니라 자기 자신이 먼저 이 세상을 떠나버리면 좋으련만!

그들의 영혼은 병들었다. 그들은 태어나자마자 죽기를 바라고, 삶을 포기하라는 설교를 듣기를 원한다. 또한 그들은 이 세상의 삶보다는 저 세상의 삶이 더 가치가 있다고 사람들에게 설교하며, 사람들에게 자기들의 뜻을 찬미하라고 강요한다. 그러므로 이 시체들이 깨어나 소리치지 않도록, 살아 있는 이 관들을 잘못 건드리지 않도록 조심해야 한다.

그들은 병자나 노인을 만나면 "이 세상은 모순에 가득 차 있다"고 말한다. 그러나 모순에 차 있는 것은 그들 자신과, 이 세상의 한 측면만 보는 그들의 눈일 뿐이다. 그들은 스스로 심한 우울증에 사로잡힌 채, 죽음을 초래할 사소하고도 우연한 사건이 발생하기만 고대한다.

또한 그들은 지푸라기 같은 삶에 집착하면서도, 자신이 아직도 거기 매달려 있음을 비웃는다. 그들은 외친다. "이 세상의 삶에 집착하는 자는 바보다. 그러므로 삶에 집착하고 있는 우리도 바보다."

"삶은 오직 고통일 뿐이다"라고 말하는 사람이 있다. 그런 사람에게는 그 말이 옳다. 그러니 그런 자들은 스스로 삶을 끝내라. 오직 고통일 뿐인 자신의 삶을 끝내라. 그리고 아예 처음부터 사람들에게 '스스로 목숨을 끊어라. 스스로 이 세상에서 떠나라'고 가르치는 것이 낫지 않겠는가?

"이 세상은 불행하고 살 가치가 없는 곳이니, 아이를 낳을 필요도 없다"고 말하는 사람도 있다. 그런 자들도 죽음의 선교사들이다.

삶이란 힘든 노동과 불안일 뿐이라고 생각하는 사람들이 많다. 사람들은 고단한 삶에 몹시 지친 나머지 죽음의 설교에 매혹된다. 그리고 고단한 삶을 잊어버리려 일에 더욱 몰두하고,

쾌락을 추구한다.

그러나 그런 삶은 헛된 것이다. 그것은 도피이고 망각일 따름이다. 사람들이 삶을 좀더 소중히 여긴다면, 순간적인 것에 자신을 내맡기지는 않을 것이다. 그러나 대부분의 사람은 참고 견디며 살아갈 만큼 내면이 충실하지 못하다. 오히려 속이 텅 비어 있다.

지금도 죽음을 설교하는 자로 세상이 가득 차 있다. 그들은 죽음을 '영원한 삶'이라고 떠들어대고 있다. 나는 그런 것에 관심이 없다. 그들이 빨리 이 세상에서 사라져 버리기만을 바랄 따름이다.

## 스스로 신이 될 수 없다는 것을 인정하면 인간은 구원될 수 있다

그리스도교 신자들이 가장 관심을 갖고 있는 것은 영혼의 구원 문제이다. 그런데 지금까지 그리스도교는 영혼의 구원을 공상 같은 신화적 입장에서만 설명했다. 그러나 이 문제에 대해서는 신화적 설명보다 심리학적 접근이 한층 더 명료하게 이해된다.

신학자 슐라이어 마허가 종교에 심리학을 처음 도입했는데, 이 분야에 여러 학설이 난립하면서 일반의 평판이 별로 좋지 않았다. 그러나 그리스도교 신학에 대해서는 심리학적 분석과 접근이 필수불가결한 것이다.

인간은 본래 불완전하고 이기적인 존재로 태어났다. 그럼에도 불구하고 인간은 하느님처럼 완전해지고자 하는 목표와 이타적인 목표를 지향하면서 하느님을 닮으려고 애쓰는 가운데 죄의 콤플렉스에 빠져 평생을 번민 속에서 보내고 있다.

그것은 마치 인간이 맑은 거울 앞에 서서 자신의 왜곡된 모습을 보고 계속 탄식하는 것과 같다. 하느님의 완전한 모습에 비하면 인간의 모습은 너무나도 보잘것없다. 그래서 우리는 크고 작은 인생 체험의 과정에서 죄의식에 짓눌린 채 하느님의 위협을 끊임없이 느끼고 심판을 두려워하고 있는 것이다.

우리는 하느님이 우리들의 비뚤어진 양심을 질책할 것이 무서워 불안에 떨며 살아가고 있다. 그것은 어린아이가 잘못을 저지른 뒤 부모의 채찍을 두려워하는 것과 무엇이 다른가? 게다가 교회는 하느님이 우리 죄를 심판하는 재판관이자 처벌하는 관리라는 인식을 우리에게 주입해 왔다.

그렇다면 이 두려움과 위기감에서 인간은 어떻게 벗어날 것이며, 누가 과연 우리를 도와줄 것인가? 다시 거울 얘기로 돌아가 보자. 인간의 죄가 이성적 오류에서 나오는 것이라면 거울에 비친 자기 모습이 일그러져 보이는 것은 거울을 잘못 만들었기 때문이다. 거울은 하느님이 아니라 인간이 만든 것이다.

본래 불완전하고 이기적 존재인 인간이 만든 거울이 어떻게 완벽할 수 있겠는가? 그렇다면 우리는 결국 자신이 만든 거울을 보면서 불완전한 자신을 완전한 하느님과 비교하고 있었다는 사실을 시인할 수밖에 없다. 그러면 인간은 왜 불완전하고 이기적인 존재인가? 그것을 이해하려면 이렇게 자문해 보면 된다.

'나는 정말 이기적인 존재가 아닌가?'

여기서 아니라고 자신 있게 말할 수 없는 사람은 없다. 사람이 이기심을 배제한 채 순전히 이타적인 행위를 할 수 있다고 생각하는 것은 불사조라는 새가 있다는 것을 믿는 것처럼 어리석은 일이다. 어떤 사람이 개인적인 욕구에 근거를 두지 않고 순수하게 오직 타인만을 위해서 행동하기란 '내면의 거센 압력이 없는 한' 불가능하다. 이기심을 느끼지 않는 자아의 존재는 불가능하다는 뜻이다. 하지만 사랑 그 자체인 하느님은 손톱만큼의 이기적 행위도 할 수가 없다.

리히텐베르크는 이렇게 말했다.

"모든 사람은 각자 자기를 위해 느낄 뿐이다. 이 명제가 너무 가혹하게 들릴지 모르지만 우리가 사랑하는 것은 부모도 아내도 자녀도 연인도 아니라 그들이 우리에게 주는 유쾌한 감각일 뿐이다."

라 로슈푸코는 이렇게 말했다.

"만일 연인에 대한 사랑 때문에 자신의 연인을 사랑한다고 생각한다면 그것처럼 큰 착각은 없다."

이 말은 우리는 사랑이라는 본질 때문에 상대방을 사랑하는 것이 아니라, 상대방을 사랑하는 것이 우리 자신에게 유익하기 때문에 사랑한다는 뜻이다. 그것이 우리가 사랑을 그토록 간절히 원하는 이유이다. 사랑은 가장 이기적인 만족을 바라는 마음에서 시작된다.

인간이 하느님처럼 사랑 그 자체라 해도, 또한 모든 일을 자기가 아니라 남을 위해서 하기를 원한다 해도, 남을 위해서 무엇인가를 하려면 먼저 남을 도울 수 있는 힘이 필요하다. 그렇다면 그 힘을 준비하기 위해서라는 이유만으로도 이기적이 되어야 한다. 그러므로 인간은 태생적으로 이기적인 존재이며 이기적인 행위에서 벗어날 수가 없다. 이타적인 행위는 하느님이 아니면 불가능하다.

인간이 이런 존재인데도 불구하고 당치도 않게 하느님의 본질과 자신을 비교하고 있는 그리스도교 신자들을 보면 마치 자신의 용기를 과대평가하는 돈키호테처럼 보인다. 이기적이고 불완전한 존재인 인간이 자신을 사랑 그 자체인 하느님과 비교하는 일이란 그 얼마나 허황된 짓인가! 하느님과 인간을 비교하는 일이란 꿈에서나 있을 법할까?

그렇다고 사랑 자체인 하느님의 모습을 부인하면 그것은 하느님의 법칙에 어긋나는 것이 된다. 신을 부정하면 인간의 죄의식도 무너진다. 그렇게 되면 하느님을 닮으려는 인간의 노력은 무의미하게 된다.

인간은 그 두려움을 극복할 자신이 없다. 그런 일은 영혼의 구제를 목표로 하는 그리스도교 신자들에게 하느님과 영혼의 관계를 위태롭게 한다. 그래서 더욱 죄책감에 시달리게 된다.

그렇다면 우리는 어떻게 할 것인가? 우리는 끝내 하느님처럼 되지 못한 채 하느님을 닮으려고 애쓰는 데서 오는 죄책감을 극복할 수 있는 철학적 확신을 가져야 한다. 그때 비로소 우리는 하느님 앞에서 느끼는 양심의 가책에서 벗어날 수 있을 것이다. 인간에게는 그렇게 자기 자신을 다스릴 수 있는 의지가 있다. 이성 또는 공상의 미혹에 대한 통찰력이 강해지면 인간은 그리스도교를 버릴 수 있게 된다. 그것이 곧 인간의 자기 구원이다.

# 5

## 무엇이 진리인가

NIETZSCHE

# 하느님이 인간을 위해 지구를 만들었다고?

인간은 이 세상 만물이 추구하는 목적이 결코 아니다. 인간만이 특별한 사명을 지니고 이 세상에 존재하는 것도 아니다. 만일 인간이 만물의 목적이고 특별한 사명을 지닌 존재라면, 이 지구상에는 현재의 인간보다 더 뛰어난 다른 피조물이 존재해야 마땅할 것이다.

이 세상은 정말 신이 창조한 것일까? 신은 영원무궁한 시간 속에서 너무 권태로움을 느낀 나머지 재미있게 지켜보려고 자신을 닮은 원숭이, 즉 인간을 만들어 낸 것일까? 그게 사실이라면 지구 이외의 그 많은 다른 천체들이 내는 우주의 소리들은 어쩌면 조롱하는 노랫소리에 불과한 것이 아니겠는가?

저 영원불멸의 신은 자기 마음에 드는 피조물인 인간을 지금 고통으로 희롱하면서 재미있게 바라보고 있을 것이다. 더구나 인간이 원래 타고난 고뇌의 비극을 감춘 채, 자신의 존재를 자랑스럽게 여기고 있는 모습을 바라보면서 얼마나 비웃을 것인가? '저 허영에 가득 찬 피조물들이 별 생각을 다 하는 재주를

233

가졌구나!' 라고. 인간이 얼마나 놀라울 정도로 허영에 가득 찬 존재인가는 다음과 같은 주장을 들으면 알 수 있다.

'인간은 이 세상에서 어느 존재와도 비교할 수 없는 신의 유일한 피조물이다.'

이런 말이 어떻게 성립될 수 있는가? 천문학자들은 우주를 관찰하면서 인간이 어떤 존재인지 확인시켜 주었다. 지구상의 생명체들이란 엄청난 양의 바닷물에 비하면 너무나도 미미한 것이다.

또한 광대한 우주에는 지구와 똑같이 생명체가 살 수 있는 조건을 갖춘 별들이 수없이 많다. 그리고 생명체가 존재하지 않는 별들에 비한다면 생명체가 존재하는 별들은 한 움큼도 되지 않는다. 게다가 생명체가 존재하는 별들의 수명도 장구한 우주의 생성 기간에 비하면 한순간 번쩍 하는 불빛에 지나지 않는다는 것도 알 수 있다.

지구의 운명도 그와 다를 바 없다. 인간의 생명이란 별들이 존재하는 목적과는 아무 상관도 없다는 뜻이다. 한마디로 인간이 지구에 붙어살게 된 것이지, 인간을 살아가게 하려고 지구가 생긴 것은 아니라는 말이다.

따라서 신도 인간을 지상에서 살게 하려고 지구를 만든 것은 아니었다. 인간을 위해 지구를 만들었다고 하는 말은 마치 숲속의 개미 한 마리가 숲이 오로지 자기만을 위해서 있는 것이라고 소리치는 것과 다를 바가 없다. 개미가 정말 그렇게 믿고 있다면 그 얼마나 건방지고 가소로운가!

그것은 우리들이 인간의 멸종을 무의식적으로나마 지구의 소멸과 결부시켜서 생각하는 것과 같다. 인간이 지구에서 멸종하는 순간 인류의 마지막 장례식을 치러 줄 신이 있어야 한다고 생각한다면, 인간은 여전히 오만하기 짝이 없는 것이다.

이제 우리는 지상의 모든 신들의 멸종을 준비해야 한다. 천문학자들은 언젠가는 인간이 멸종한 뒤 인류의 거대한 무덤이 된 지구에 비칠 우주의 불빛을 예감하고 있을 것이다.

# 종교학자나 철학자가
## 증거를 보여 준 적이 있는가

과학이 생명의 존재에 대해 아무런 결론도 내리지 못하고 있는데도 전통적 관습을 지키며 사는 것처럼 부조리하고 어리석은 일은 없다. 아마도 종교는 과학적 결론이 내려질 가능성이 없다는 이유를 내세워 인류가 전통적 관념이나 관습을 지키며 살아야 한다고 주장할지도 모른다.

그런데 생명이나 인간의 기원에 관한 종래의 주장들이 도대체 어디서 유래한 것인지 분명히 밝혀 두어야 한다. 그러기 위해서는 윤리나 종교의 역사를 철저히 연구할 필요가 있다. 우리가 무엇을 어떻게 인식하느냐 하는 것은 대단히 중요하기 때문이다.

특히 죄와 벌에 관한 문제는 지금까지 너무 소홀히 다루어져 왔다. 옛날 사람들은 불확실한 것들에 대해서 환상을 품어 왔고, 후손들에게는 그런 환상을 진리로 받아들이도록 설득해 온 것이다. 신앙이란 모든 것을 알아보고 나서 믿는 것이 아니라 무조건 먼저 믿어야 한다고 강요해 왔다.

지금까지 우리를 설득하려고 애쓴 문제들이 있다. 사람은 왜
존재하는가? 인간은 죽으면 어디로 가는가? 사후 세계란 있는
가? 인간은 어떻게 신과 만나고 화해할 수 있는가?

　이와 같은 근본적인 질문들에 대해서 지금까지 종교학자나
유물론자나 철학적 독단론자들이 내놓은 해답은 어느 것 하나
우리를 만족시킬 수 없었다. 그들은 우리가 모두 신앙이니 지식
이니 하는 것들을 따지지 않고 그냥 살아가기를 원래부터 바란
것이다.

# 죽음을 받아들일 것인가
## 선택할 것인가

사람의 자연사는 자살과 어떤 차이점이 있는가?

먼저 이 문제부터 생각해 보자. 기계를 인위적으로 정지시키는 것이 좋을까, 아니면 기계가 저절로 고장이 나서 못 쓰게 될 때까지 기다리는 편이 더 나을까? 기계를 억지로 정지시키는 것은 기계를 조작하는 사람이 힘을 남용하는 것이고, 저절로 멈추기를 기다리는 것은 유지비만 낭비하는 꼴이 된다.

여기서 유지비의 낭비라는 것은, 다른 곳에 좀더 유용하게 쓰일 수도 있는 돈이 아깝게도 낭비되는 것이 아닐까 하는 우려일 뿐이다. 수많은 기계들이 아무런 효용성도 없이 돌아가고 있는 상황이라면, 기계의 유지란 기계 전체에 대한 일종의 경멸감에서 나오는 결과일지도 모른다.

나는 지금 여기서 인간의 의지와 전혀 관련이 없는 자연사와, 의지적 이성적 죽음인 자살을 기계에 비유하고 있는 것이다. 비이성적 죽음인 자연사는 보잘것없는 껍데기에 불과한 육체가 그 안에 들어 있는 영혼을 얼마나 오래 보존할 것인가를 결정하는 일이 된다. 이것은 병들고 여위고 우둔한 교도관이 자기가 맡은 탁월한 죄수가 죽을 때만 기다리고 있는 것이나 마찬가지다.

자연사는 그 자체가 역시 자연적인 자살이다. 즉, 이성적 존재인 인간이 비이성적 존재인 자연에 의해 소멸되는 것이다. 따라서 인간은 자신을 그냥 내버려두지 않고 죽일 것인가, 아니면 그냥 내버려둔 채 죽일 것인가를 선택하는 것이다. 물론 결과는 양쪽 다 죽음이다.

여기서 이성적 죽음의 문제에 종교가 개입되면 전혀 다른 양상으로 변한다. 최고차원의 이성적 존재인 신이 저차원의 이성적 존재인 인간이 스스로 목숨을 끊을 때는 인간의 뜻에 따를 수밖에 없기 때문이다. 신의 뜻이 인간의 뜻을 저지할 힘이 없는 것은 이 대목이다. 그래서 종교는 자살을 신의 뜻을 거스르는 일로 여겨 금지하는 것이다.

종교는 자연사가 신의 뜻이라고 말한다. 그러나 종교의 영역을 벗어나면 자연사는 신의 뜻도 아니고 찬미할 가치도 없는 것이다. 따라서 깊은 지혜에 바탕을 두고 남에게 죽음을 지시하거나 명령하는 일은 미래의 도덕에 속하는 일이기 때문에 현재로서는 이해할 수도 없고, 또한 비도덕적인 것일 수밖에 없다.

# 평안한 밤과 잠 못 이루는 밤
## 어느 것이 가치 있는가

　　어떤 현자가 잠에 관해 다음과 같이 말하였다.

　　"잠은 우리 인간에게 매우 소중한 것이다. 잠 못 이루고 밤을 지새우는 자는 멀리하라. 도둑마저도 잠자는 사람을 조심하는 마음에 발소리를 죽인 채 도둑질을 한다. 그러나 야경꾼은 잠자는 사람 따위는 아랑곳도 않은 채 한밤중에도 호루라기를 마구 불며 다닌다.

　　잠은 사소한 것이 결코 아니다. 밤에 잠을 자려면 온종일 눈을 뜨고 있어야만 한다. 그러기 위해서는 하루에도 여러 번 졸음을 물리쳐야 한다. 그런 노력으로 적당한 피로가 쌓이고, 정신은 나른해진다.

　　밤에 잠을 자려면 낮에 여러 번 자기 자신과 타협해야 한다. 자신과 싸워 이기기는 매우 힘들기 때문이다. 그러므로 적당한 선에서 자신과 타협해야 한다. 그러지 못하는 사람은 밤에 잠을 잘 수 없다. 또한 낮에 몇 가지 진리를 깨달아야 한다. 그렇지 않으면 밤에도 진리를 찾게 될 것이며, 텅 빈 정신은 채워지지 못할 것이다. 또한 낮에 여러 번 웃고 즐거워해야 한다. 그렇지 않으면 슬픔의 샘인 밤에 괴로워할 것이다.

그뿐 아니다. 밤에 잘 자려면 각종 미덕을 몸소 실천해야 한다. 만일 다음날 거짓 증언을 할 작정이라면, 또는 이웃 사람의 아내를 탐내고 있다면 어떻게 되겠는가? 그런 마음가짐으로는 깊이 잠들 수 없다.

그러므로 신에게 복종하라. 이웃과 화목하게 지내라. 그러면 깊이 잠들 수 있다. 또한 원수하고도 화해하라. 그렇지 않으면 원수가 꿈에 나타나 괴롭힐 것이다.

잘못을 저지르는 권력자들에게도 복종하고 잘 섬겨라. 그래 야만 깊이 잠들 수 있다. 그들이 그릇된 길을 걸을 때, 당신이 할 수 있는 일이 무엇이겠는가? 차라리 복종하고 잠을 잘 자는 편이 낫다.

나는 대단한 명예나 재산도 바라지 않는다. 그런 것은 번민을 일으키기 때문이다. 그러나 명예와 재산이 전혀 없어도 잠을 이루지 못한다. 또한 친구들도 필요하다. 다만 친구는 필요할 때 같이 있다가 적당한 때 집으로 돌아가야만 한다. 이러한 교제는 잠을 깊이 자는 데 도움이 된다.

이렇게 하여 날이 저물어 밤이 되면 낮에 했던 생각과 행동을 돌이켜본다. 무엇을 극복하고, 어떤 진리를 깨달았는가? 어떤 일로 웃고 즐거워했는가? 이렇게 곰곰이 생각하고 있자면, 부르지도 않은 잠이 갑자기 몰려온다."

이 현자는 참으로 바보 같은 말을 지껄이고 있다. 하지만 잠을 잘 이해하고 있다는 점은 인정하겠다. 이런 사람과 가까이 지내면 행복할 것이다. 이런 잠은 몹시 두꺼운 벽도 뚫고 전염되는 것이다. 젊은이들이 이런 설교에 귀가 솔깃한 것도 다 그런 까닭이다.

한마디로 그의 말은 밤에 잘 자려면 낮에 깨어 있어야 한다는 것이다. 그러나 이런 인생은 의미가 전혀 없다. 참으로 무의미하게 살아가는 사람에게만 그의 말이 도움이 될 것이다. 결국 그들은 그저 잠을 깊이 자려고 덕을 실천하는 것이다.

존경받는 학자들에게 배울 지혜란 꿈도 없이 단잠을 자는 방법뿐이다. 그들은 보다 나은 삶의 의미를 전혀 모른다.

잠에 관해 설교한 현자와 똑같은 사람들이 아직도 있다. 그러나 그들의 시대는 이미 지나갔다. 그들은 더 이상 서 있지 못하고, 이미 누워서 잠들어 버렸다. 잠꾸러기들은 축복받은 자들이다. 그들은 곧 잠들어 버리기 때문이다.

# 당신의 정신과 감각의 주인은 누구인가

　　육체를 경멸하는 자들이 있다. 나는 그들이 육체의 중요성에 대해 다시 배우기를 원하지 않는다. 다만 자신이 그토록 경멸하는 육체와 작별하고, 침묵하기를 바랄 뿐이다.

　아이들은 이렇게 말한다. "나는 몸과 마음으로 되어 있습니다." 이것이 왜 이치에 맞지 않는단 말인가? 더욱이 깨달은 자와 지혜로운 자는 "나는 하나의 육체일 뿐, 그 외에는 아무것도 없다. 영혼이란 육체에 속한 어떤 것을 가리키는 단어에 불과하다."고 말한다.

　육체는 하나의 커다란 이성이며, 수많은 감각을 지닌 감각체이다. 전쟁이자 평화며, 한 무리의 양떼이자 이를 모는 목자다.

　사람들이 '정신' 이라고 부르는 작은 이성도 육체의 도구에 지나지 않는다. 육체라는 커다란 이성의 작은 부분에 불과한 사소한 장난감인 것이다.

　사람들은 '자아' 라는 것을 떠받들지만 이보다 더 위대한 것은 '육체', 그리고 육체에 깃들여 있는 이성이다. 이 말을 믿지 않으려고 해도 어쩔 수 없다. 그것이 진실이니까. 육체는 자아에 관해 떠드는 것이 아니라, 자아를 움직이고 있다.

감각이 느끼고 정신이 인식하는 것은 그 자체로는 아무 의미도 없고 목적도 될 수 없다. 그런데도 사람들은 감각과 정신이 모든 것의 목적이라고 생각한다. 감각과 정신은 육체의 도구며 장난감일 뿐이다. 이 두 가지를 조종하는 것은 바로 육체로 대변되는 '본래의 자아'이다.

'본래의 자아'는 감각의 눈을 통해 세상을 보고, 정신의 귀를 통해 듣는다. 이렇게 감각과 정신을 수단으로 삼아 비교하고 명령하며, 정복하고 파괴한다. 이렇게 하여 자아를 지배하는 것이다.

사람들의 생각과 감정을 강력하게 지배하는 것은 바로 이 '본래의 자아'다. 그리고 바로 당신의 육체 안에 이 '본래의 자아'가 살고 있다. 그러므로 육체야말로 당신의 '본래의 자아'인 것이다.

당신의 육체 안에는 가장 탁월한 지혜보다 더 뛰어난 이성이 있다. 그러니 더 이상 무슨 지혜가 필요하겠는가? 그러므로 이제 '본래의 자아'는 자아의 거만한 태도를 비웃으며 이렇게 생각한다. '자아의 발전이 무슨 소용이 있는가? 내가 가려는 목적지를 돌아가게 만들 뿐이 아닌가? 나는 자아를 인도하는 끈이

며, 자아의 개념을 알려 주는 주체자인데!'

그리고 이렇게 말한다. "자아여, 이제 고통을 느껴라!" 그러면 이 말을 듣고 자아는 비로소 고통을 느끼며 괴로워한다. 그리고 어떻게 하면 더 이상 고통을 느끼지 않을 수 있을지 궁리한다. 이처럼 자아는 '본래의 자아' 로부터 명령을 받고 있는 것이다.

이때 '본래의 자아' 는 이렇게 말한다. "이제 기쁨을 느껴라!" 그러면 자아는 고통에서 벗어나 기쁨을 느끼며, 어떻게 하면 더 자주 기쁨을 느낄 수 있을지 궁리한다. 자아는 이렇게 명령을 받고 있는 것이다.

육체를 경멸하는 사람들은 사실 육체를 존경하고 있다. 존경과 경멸, 가치와 의지를 만들어 내는 것은 도대체 무엇인가? '본래의 자아' 가 자신을 위해 존경과 경멸을 만들었고, 육체가 자신을 위해 자기 손으로 정신을 창조한 것이다.

육체를 경멸하는 사람들이여, 당신들은 그토록 육체를 경멸하면서도 결국 육체를 섬기고 있다. 유감스럽게도 당신들의 '본래의 자아' 는 죽음을 원하고 있다. '본래의 자아' 가 원하는 것을 실현할 수 없기 때문이다. 자신을 뛰어넘어 창조하는 것이 불가능하기 때문이다. 자신을 극복하고 새롭게 창조하는 것이야말로 육체가, '본래의 자아'가 진정 원하는 것인데 말이다.

그러나 이미 늦었다. 당신들의 '본래의 자아'는 소멸되기를 원한다. 그래서 당신들은 육체를 경멸하게 된 것이 아닌가! 어쩌겠는가, 당신들은 이제 자신을 초월하여 창조할 수 없게 되었다. 이 때문에 당신들은 생명과 이 지상에 대해 분노하고, 질투에 불타는 것이다.

나는 당신들의 길을 가지 않겠다. 육체를 경멸하는 당신들은 초인으로 가는 다리가 될 수 없다.

# 종교가 말하는 진리를
## 과학으로 증명한 적이 있는가

나는 철학자 중에서 몇몇 회의주의자를 제외하면 모두가 지적 정직성이 무엇인지조차 모르는 몽상가 혹은 괴상한 짐승들 같다고 생각한다. 그들은 인간의 아름다운 정서를 논리로 증명하려 했고, 부풀어 오르는 가슴을 신성화로 굳혀 버렸으며, 확신을 진리의 표준으로 삼아 버렸다.

마침내 칸트조차 독일식 순수성 때문이었는지는 모르지만 낡아빠진 형식과 양심의 결핍을 '실천 이성'의 이름으로 과학화하려고 했다. 그것은 인간 이성을 고의적으로 변조하는 것과 다름이 없다.

이제 교회 사제들의 기만에 대해서는 더 이상 놀랄 것도 없지만, 그들이 사람들을 가르치고 구제하며 억압으로부터 해방시키겠다는 사명감을 품는 순간, 다른 과학적, 합리적 가치 평가는 힘을 쓸 여지가 전혀 없어지고 말았다.

그들이 이미 인간의 교화와 구제와 해방의 논리를 신성화해 버렸기 때문이다. 그들의 가치와 기준만이 최선의 것이라고 고

정시켜 버린 것이다. 과학이 교회를 향해서 그래서는 안 된다고
아무리 외친들 무슨 소용이 있겠는가. 사제들은 과학 위에 서서
세상을 지배했으며, 과학이 무슨 말을 하기 전에 이미 그들이
진리와 허위를 결정해 놓지 않았는가.

# 인간은 동물이 아닌가

우리 마음속에는 한 마리의 야수가 산다. 그리고 우리는 그 야수에게 곧잘 속아 넘어간다. 도덕이란 그 야수의 밥이 되지 않기 위한 최후의 속임수다. 야수를 잘 속여야 우리는 비로소 도덕적일 수 있는데, 그 야수를 속이기란 여간 만만치가 않다. 그래서 우리는 도덕적 인간이 되기가 어려운 법이다.

만일 우리에게 도덕이 전혀 없다면 인간도 역시 한낱 동물에 불과할 것이다. 인간은 자기 자신을 고귀한 존재로 믿고 있기 때문에 자신에게 한층 더 엄격한 규율을 강제해 왔으며, 그것을 통해서 극기의 수련을 계속해 왔다.

그것은 인간이 동물적 판단과 가치를 미워했기 때문이다. 옛날에 노예를 인간으로 여기지 않고 소유물로 취급한 것을 보면 설명이 될 수 있을 것이다.

# 꿈은 미래를 보여 주는가

잠을 자기 때문에 가장 심하게 피해를 입는 두뇌의 기능은 기억력이다. 그렇다고 잠이 기억력을 단절시키는 것은 아니다. 인간은 태곳적부터 낮에는 활동하고 밤에는 잠을 잤는데, 그런 습관은 지금도 계속되고 있다.

잠을 자는 동안에도 신경 조직은 다양한 내부 자극을 받으며 내분비 활동을 계속한다. 피가 도는 가운데 신체의 각 부분에서 감각적 활동이 계속된다. 따라서 신체는 각종 자극에 대한 반응으로 꿈을 형상화하기 마련이다.

일반적으로 추리, 분석, 판단의 과정을 거치지 않은 과거의 일들은 자극을 받은 상상력에 의해서 그 모습을 드러내게 된다. 꿈 역시 스스로 초래한 혼란 상태 속에서 온갖 사물을 형상화하여 보여주는데, 그 대부분이 어렴풋하거나 애매모호하며 서로 닮거나 추상적인 것이다. 그래서 모든 민족은 꿈의 계시를 구체화한 신화를 조작해 낼 수 있었던 것이다.

인간의 이성은 상상력과 결탁하여 엉뚱한 색채와 도형을 만들어 내고, 결과에서 원인을 끄집어내면서 일종의 자의적인 추리를 해왔다고 볼 수 있다. 꿈에 보이는 이미지와 색채가 어디서 나오는 것인지는 아무도 모른다.

오지 여행가들의 말에 따르면, 미개인들은 두뇌의 기능 가운데 기억력이 가장 낮다고 한다. 그들은 매우 단순해서 긴장이 풀어지고 기분이 좋아지면 농담 속에 거짓말을 멋대로 지어 넣는다는 것이다. 우리는 꿈속에서 바로 그 미개인들과 마찬가지로 착각과 환시를 겪는가 하면, 애매한 재인식 과정을 통해서 그릇된 추리를 하게 된다.

우리는 바로 어젯밤에 꾼 꿈에 관해 이야기를 하면서도 자신이 실제 내용과 얼마나 다르게 말하고 있는지조차 모르며, 어리석게도 자신을 조금씩 속이고 무엇인가 숨기고 있다. 꿈이란 아무리 뚜렷한 것이라 해도, 원래 환각적인 것이기 때문에 완전한 설명은 불가능하다.

왕이나 족장의 꿈에 대한 그릇된 해석 때문에 역사상 얼마나 많은 부족과 민족들이 전쟁으로 멸망하고 말았던가! 꿈속에서 우리는 인간의 역사적 과오를 다시금 경험할 수도 있다.

# 성자가 되느니
## 차라리 어릿광대가 되리

나는 내 운명을 안다. 언젠가 내 이름은, 그 실체가 무엇인지는 모르겠지만, 거창한 추억과 연결될 것이다. 이 지상에는 존재한 적이 없는 어떤 위기에 대한 추억, 양심의 심각한 갈등에 대한 추억, 지금까지 신성화되었던 모든 것들에 대항했던 나의 결정에 대한 추억 말이다.

나는 인간이 아니라 다이너마이트이다. 그럼에도 불구하고 나의 내면에는 종교의 교리 같은 것이라고는 하나도 없다. 종교에 종사하는 것은 천민이나 하는 일이다. 종교에 관련된 일을 하는 사람과 만난 다음에는 반드시 손을 씻어야 한다. 나는 신을 믿는 사람들을 원하지 않는다.

나는 나 자신을 믿기에는 너무 악의적이다. 나는 집단이니 단체니 하는 것에 대해서는 말하지 않겠다. 나는 어느 날 문득 사람들이 나를 신성시할지도 모른다는 생각이 들면 겁이 덜컥 난다.

나는 성자가 될 마음이 전혀 없다. 성자가 되느니 차라리 어릿광대가 되는 것이 훨씬 낫다. 나는 어릿광대인지도 모른다.

지금까지 성자보다 더 위선적인 인간을 본 적이 없으니 말이다.

나의 진리는 무섭다. 지금까지 사람들이 진리라고 한 것들이 모두 거짓이었으니까. 모든 가치의 전환, 이것이 나의 살이 되고 천재성이 되어 인류에 대한 자기 성찰이 이루어지는 공식이 되고 있다.

내가 처음으로 진리를 드러내 놓았다. 그들의 거짓말이 거짓말이라는 낌새를 내가 최초로 눈치챈 것이다. 나의 천재성은 내 숨결에 들어 있다. 나로부터 비로소 희망이라는 것이 존재하게 되었다.

그렇게 되면 정치라는 개념은 완전히 도깨비 싸움이 되어 버린다. 낡은 사회의 모든 권력 구조는 허공에 날아가 버리고 만다. 그 구조는 모두 거짓말로 이루어졌기 때문이다. 그러나 나로부터 이 지상에는 비로소 위대한 정치가 존재하게 될 것이다.

# 6

## 내가 사랑한 것들

NIETZSCHE

# 재치 있는 책들이여 어서 내게 오라!

우리 삶의 가장 중요한 조건 가운데 하나가 휴식이다. 내 경우에는 독서가 곧 휴식이다. 독서는 나를 나 자신으로부터 해방시켜 주고 낯선 학문과 정신 속에서 산책할 수 있는 기회를 준다.

나는 집필에 몰두할 때는 책을 거의 읽지 못한다. 임산부는 외부의 격렬한 자극을 극도의 긴장 상태에서 온몸으로 받아들인다. 때문에 임산부는 외부의 자극을 될수록 피해야 한다. 그렇다면 나는 낯선 사상이 내 정신 속으로 은밀히 성벽을 타고 넘어오는 것을 허용해야 할 것인가? 그 상황을 나는 독서라고 말한다.

나는 책들을 통해서 피신처를 찾는다. 나는 독서 시간에 책들에게 '재치 있는 책들이여! 어서 내게 오라'고 말한다. 나는 체질상 여러 종류의 책을 많이 읽는 편은 아니다. 그것은 내 성미에도 맞지 않는다. 책으로 가득 찬 서재를 나는 싫어한다. 새 책들에 대한 경계심이나 적대감, 관용과 너그러움, 그런 것들은 내 본성에 속한다.

나는 파리 소르본 대학의 철학 교수 빅토르 브로샤르가 쓴 〈그리스의 회의주의자들〉을 읽었다. 오만한 몽테뉴, 파스칼, 극작가 몰리에르, 코르네이유, 라신, 그리고 천박한 천재 셰익스피어 등의 작품들도 읽었다. 그리스도교의 비인간적이고 냉혹한 형식 논리도 읽었고, 폴 부르제, 보수주의자 지프, 극작가 메이라크, 소설가 아나톨 프랑스, 줄 르메트르의 작품들도 읽었다.

그들의 정신적 스승은 불행하게도 대부분이 독일 철학자들이었고, 그러한 스승들 때문에 그들은 학문을 망쳤다. 특히 프랑스의 철학자 텐은 헤겔 때문에 학문을 망쳤다. 독일은 가는 곳마다 다른 나라의 문화를 해치기만 한다.

스탕달은 내 인생에서 가장 우연히 만난 작가다. 무신론자인 그는 내게서 가장 좋은 힌트 하나를 빼앗아 갔다. 그것은 내가 어딘가에 쓴 적이 있는 '신의 유일한 변명은 자기가 존재하지 않는다는 것이다' 라는 한 마디 말이다.

# 바그너의 가극 〈트리스탄과 이졸데〉는 독일적인 독소의 해독제다

바그너를 만난 순간 나는 평생에 처음으로 안도의 숨을 내쉬었다. 나는 그를 모든 독일적 미덕에 대한 대립 또는 항의의 화신으로 보고 존경했다. 1850년대의 침울한 분위기 속에서 어린 시절을 보낸 우리는 필연적으로 염세주의자가 되었고, 그래서 혁명가 이외에는 아무것도 될 수가 없었다.

바그너는 독일적인 것을 피해 파리로 달아난 혁명가였다. 바그너의 음악이 없었더라면 나의 젊은 시절은 도저히 견디기 어려웠을 것이다. 왜냐하면 나는 독일인으로 태어났기 때문이다. 삶이 고달프고 견디기 힘들 때 마취제가 필요한 것처럼 나에게는 바그너가 필요했던 것이다. 바그너는 모든 독일적인 독소의 뛰어난 해독제였다.

그것도 독이긴 하지만, 그 사실에 대해서는 왈가왈부하고 싶지 않다. 바그너의 가극 〈트리스탄과 이졸데〉가 존재하는 순간부터 나는 그의 숭배자가 되었다. 나는 지금도 〈트리스탄과 이졸데〉와 같이 위험한 매력과 아울러 감미로운 무한성을 지닌 작품을 찾고 있다.

레오나르도 다 빈치의 기이한 작품 세계도 〈트리스탄과 이졸데〉의 첫 곡이 시작되면 그 매력이 감퇴된다. 나는 〈트리스탄과 이졸데〉를 이해할 수 있을 만큼 성숙해지면서 비로소 독일에서 태어난 것을 대단한 행운으로 여겼다.

나는 음악이 경쾌하면서도 심오하고, 마치 10월의 어느 날 오후와 같은 것이기를 바란다. 음악이 제멋대로 굴면서도 싹싹하고, 겸손하면서도 우아하며 사랑스러운 여자와 같은 것이기를 바라고 있다.

나는 독일 음악가들을 인정하지 않는다. 외국인들은 독일 음악가들이 위대하다고 말하지만, 하인리히 쉬츠, 바흐, 헨델은 이미 사멸된 강한 독일 종족에 속한다. 나는 폴란드 음악을 지나칠 정도로 좋아하기 때문에 쇼팽을 선택하기 위해서라면 나머지 음악 전체를 포기할 수도 있다. 아마 로시니도 나에게는 없으면 안 될 것이다.

나는 눈물과 음악을 구별할 줄 모른다. 그리고 남쪽의 베네치아를 생각할 때마다 경외심과 전율을 느낀다.

## 다섯 가지 여행 중에서
## 어떤 것이 가장 멋진가

　　많은 사람들이 여행을 떠나는데, 나는 여행자를 다섯 등급으로 나눈다.

　첫 번째 부류는 가장 의미 없는 여행을 하는 최하급 여행자들이다. 그들은 여행을 떠나는 순간부터 돌아올 때까지 남에게 관찰당하는 입장에 있는 사람들이다. 그들은 여행지나 여행의 대상에 머물러 있지만, 사실상 장님처럼 여행을 하는 사람들이라고 말할 수 있다.

　두 번째 부류는 자신의 눈으로 실제로 세상을 관찰하는 여행자들이다.

　세 번째 부류는 자신이 관찰한 결과를 실제로 체험해 보는 여행자들이다.

　네 번째 부류는 자신이 보고 듣고 체험한 것들을 충분히 이해하고 소화해 내는 사람들이다.

　다섯 번째 부류, 즉 최고 등급에 속하는 여행자들은 극소수이다. 그들은 보고 듣고 체험하고 이해한 것들을 즉시 자신의 행동에 활용하는 사람들이다.

인생의 여로를 걸어가고 있는 사람들도 이렇게 다섯 등급으로 확실히 구별된다. 최하급의 여행자들은 지극히 수동적인 인간들이다. 그러나 최고급의 여행자들은 내면으로 체득한 것들을 하나도 남김없이 활용하며 살아가는 행동가이며, 인생의 진정한 여행자인 것이다.

# 사람을 묘사할 때 내가 좋아하는 것

어떤 사람에 관해서 질문을 받았을 때 다음과 같이 대답하는 것이 정확한 것이 아닐까 생각한다.

'그는 자신의 키보다 더 크게 자란 황금빛 보리밭 속을 거닐기를 좋아한다.'

'그는 황금빛으로 물들어 가는 가을 저녁의 숲이나 꽃의 색깔을 가장 좋아한다. 왜냐하면 그것은 자연이 그려낼 수 있는 최상의 아름다움이기 때문이다.'

'그는 두텁고 윤기 있는 잎이 무성한 큰 호두나무 밑에 있으면 마치 부모 곁에 있는 듯한 평화를 느낀다.'

'산 속에서 그가 느끼는 가장 큰 기쁨은 작은 호수를 발견하는 일이다. 그것은 호수가 마치 자기를 바라보는 고독 그 자체의 눈처럼 여겨지기 때문이다.'

'그는 가을이나 초겨울 저녁 창가에 가까이 다가서서, 무의미한 소리들을 마치 벨벳 커튼인 양 삼켜 버리는 어두운 회색 안개와 그 적막을 바라보는 것을 사랑한다."

'그는 아직 사람의 손길조차 닿지 않는 바위에서 지금도 전해 내려오는 먼 옛날의 이야기를 하려는 말없는 증인의 심정에 젖으며 그런 상태를 어린 시절부터 선망해 왔다.'

'그의 성격은 꿈틀거리는 뱀의 껍질처럼 은근히 물결치는 호수의 수면과 같다. 게다가 맹수처럼 멋진 야성미도 갖추고 있다. 그는 지금껏 바다를 좋아하지 않으며, 앞으로도 결코 바다를 좋아할 수 없는 사람이다.'

그렇다, 이런 식으로 인간은 묘사되어야 한다. 자연의 거울에 이러한 모습들이 비치는 것은 인간이 지극히 목가적인 감수성을 지녔기 때문이다.

# 천재를 만들어 주는
## 건조한 공기와 맑은 하늘

　　사람이 살고 있는 곳의 풍토는 그의 육체적 건강과 관련이 깊다. 사람은 어디서나 잘 살아갈 수 있도록 태어난 것은 아니다. 특히 자신의 모든 역량을 짜내서 해야 할 일이 있는 사람에게 자연 환경은 선택의 여지를 더욱 좁게 만들 뿐이다. 자신의 체질과 건강에 맞지 않는 자연 환경에서 일하는 사람은 능률은 둘째치고 그 일을 끝내기도 전에 모든 것을 포기하게 될지도 모른다.

　　우리 몸의 신진대사의 템포는 정신 작용이 얼마나 빠른가 하는 그 속도에 정확하게 비례한다. 사람의 정신이란 일종의 신진대사에 불과하기 때문이다. 따라서 우리는 정신력이 강하고 풍부했던 사람들이 살던 곳, 천재들이 살던 곳, 재치와 세련미를 구비한 사람들이 편안하게 살던 곳을 찾아서 일람표를 만들어 볼 필요가 있다.

　　내가 알기로는 프랑스의 파리와 남부 프로방스 지방, 이탈리아의 피렌체, 예루살렘과 아테네 같은 곳은 공기가 무척 건조하다. 이런 곳의 명칭은 우리에게 누군가를 떠올려 주지 않는가. 천재는 건조한 공기와 맑은 하늘이 배출하는 것이다. 그런 자연 환경은 신속한 신진대사에 의해 강력한 힘을 계속해서 많이 공급할 수 있는 조건을 갖추어 준다. 그것이 천재를 배출해 내는 조건이다.

독일은 강력한 영웅을 만들 수 있는 소질을 지닌 내장으로부터 그 기운을 빼어 버려 평범한 인물이나 배출하는 풍토의 나라다.

나는 오랜 훈련을 통해서 기상학적 풍토를 면밀히 측정할 수 있는 민감한 감각을 갖추고 있다. 이탈리아의 토리노에서 밀라노로 내려가는 짧은 여행 중에도 나는 생리적으로 기상학적 습도의 변화를 예민하게 느낄 수 있었다.

나는 목숨을 잃을 정도로 위독했던 지난 10년 동안 나움부르크, 라이프치히, 바젤, 베네치아 등 내 몸이 잘 적응하기 어려운 곳에서만 살았다. 내 삶의 재앙은 생리학적 무지에서 비롯된 것이었다.

풍토는 육체적 건강뿐만 아니라 정신적 건강과도 깊은 관련이 있다. 건강의 악화는 내가 바로 그 저주받을 이상주의를 믿은 결과였다. 나의 모든 실책, 본능적 착각, 경솔함도 바로 거기서 비롯되었다.

그것은 나 자신도 용서할 수 없는 것이었다. 나는 거의 끝장을 보게 될 단계에 이르러서야 내 삶의 근본적인 무지, 즉 이상주의에 관해서 곰곰이 성찰할 수 있게 되었다. 질병이 나를 비로소 이성적 상태로 이끌어 주었던 것이다.

# 과학자가 예술가보다
## 더 고상한 이유

과학자들은 예술가들보다 한층 고상한 천성을 지닌 사람들이다. 과학자들은 예술가들보다 한층 더 단순하고 야심이 적으며, 더욱 소극적이고 조용하며, 죽은 후의 명성에 대해서도 별로 마음을 쓰지 않는다.

객관적인 눈으로 보면 과학자들은 자기희생에 몰두하는 사람들이다. 그들에게는 직업적으로도 극도로 냉정한 기질이 요구된다. 그들의 정신 속에서는 시적인 천성을 지닌 사람들과 달리 아궁이 속의 뜨거운 불이 계속 타오를 수가 없다. 또한 그래서도 안 된다.

따라서 과학자들에게서는 시인들처럼 젊은 시절에 자신의 능력이 최대한으로 발휘되는 절정의 모습을 볼 수가 없다. 과학자들은 젊어서 뛰어난 재능을 발휘하는 일이 얼마나 위험한지 잘 알고 있다. 그들은 예술가들처럼 세상에 화려하게 등장하지 않기 때문에 늘 남들의 눈에는 천부적인 재주가 없는 듯이 보인다. 때문에 실제의 가치보다 낮게 평가되는 것이 보통이다.

# 쇼펜하우어는 진보적 철학자였을까

위협적이고 과격한 진보 세력들이 사회에서 두각을 드러낸다. 그들이 주장하는 이데올로기란 겉으로는 진보를 표방하지만, 사실은 인류가 과거에 경험하여 폐기해 버린 것들을 주문을 통해 다시 불러낸 것에 불과하다.

그들이 진보라는 명분 아래 낡은 과거의 이론을 들고 나오는 것은 그 이론이 이미 검증받았음에도 불구하고 어딘가 결함이 있다는 사실을 새삼 반증하는 것에 지나지 않는다. 따라서 진보 세력에 대항하는 다른 세력이 한층 더 강력하게 대두하고 만다.

예를 들어 쇼펜하우어의 철학이 유명해진 것은 그 당시 사회의 학문적 정신의 바탕이 얼마나 허약했던가 하는 점을 잘 증명해 준다. 따라서 그 당시 루터의 종교개혁을 통해서 그리스도교의 가치관이 이미 붕괴했음에도 불구하고, 중세 그리스도교적 세계관이 쇼펜하우어에 의해서 다시금 부활하게 되었던 것이다.

쇼펜하우어는 많은 학설의 영향을 받았는데, 그의 철학 이론은 그가 처음 창출해낸 것이기는커녕 옛날부터 우리에게 친숙했던 형이상학적 욕구의 재탕에 불과한 것이다. 하지만 쇼펜하우어는 오랫동안 우리들이 잊어버리고 있던 이론들을 다시 되돌아보게 하는 중대한 계기를 마련해 주었다는 의미에서 큰 공적을 세웠다.

만일 그가 없었더라면 우리는 과거의 이론들을 다시 검토해 보는 기회를 얻지 못했을 것이다. 쇼펜하우어는 인류에게 공정하게 판단할 수 있는 계기를 제공했다. 그런 의미에서 그의 철학적 공적은 매우 크다고 말할 수 있다.

그가 아니었더라면 우리는 유럽의 그리스도교 또는 아시아의 여러 종교들이 주장하던 독선적 편견을 올바른 안목으로 평가하기가 어려웠을지도 모른다. 그가 이루어낸 성과를 통해서 그 이후에 페트라르카, 에라스무스, 볼테르 등 계몽주의의 깃발을 높이 든 인물들이 나타나 세계의 역사는 진군을 계속할 수 있었다. 우리는 여기서 옛것을 다시 들고 나온 반동을 통해서 결과적으로 진보의 성과를 거두는 실례를 보게 된 것이다.

# 가장 사치스러운 철학자

작은 뜰에 무화과나무 몇 그루가 서 있고, 약간의 치즈, 그리고 서너 명의 친구들만 있으면 행복하다. 이것이 그리스의 철학자 에피쿠로스의 사치였다.

## 자연은 위대하고
## 인간은 불안하다

소나무는 귀를 기울여 무엇인가 열심히 듣고 있는 것 같다. 전나무는 무엇인가를 기다리고 있는 듯하다. 그러나 그 어느 쪽도 초조해하는 빛은 없다. 나무들은 초조함과 호기심으로 안절부절하지못하며 정신없이 바쁘게 돌아다니며 살아가는 인간 따위는 거들떠보지도 않는다.

**7** 잠언록

NIETZSCHE

## 니체의 잠언

1. "모든 진리는 단순하다"고 하는 말은 이중으로 거짓말이 된다.

2. 나는 많은 것을 한꺼번에 알려고 하지 않는다. 지혜도 인식하는 데 그 한계가 있다.

3. 인간은 신이 실수로 만든 것인가? 아니면 신은 인간이 실수로 만든 것인가?

4. 인생행로에서 나를 질식시키려 하는 것은 나를 한층 더 강하게 만든다.

5. 자신을 도우라. 그러면 누구나 도와줄 것이라.

6. 비겁한 짓은 피하라. 과거의 잘못을 반복하지 말라. 양심의 가책만 느끼고 개선이 없다면 비열한 인간이다.

7. 짊어질 수도 내던져 버릴 수도 없는 무거운 짐에 짓눌려 버린 당나귀는 비참하다.

8. 왜 사는지 아는 사람은 어떻게 살아야 할지도 잘 알고 있다.

9. 인간이란 오로지 행복만 추구하며 사는 존재는 아니다.

10. 당신은 무엇을 찾고 있는가? 대단한 영웅이 되고 싶은가? 수많은 추종자를 거느리고 싶은가? 찾아야 할 것은 바로 당신의 영혼이다.

11. 어떤 예술가가 진심으로 바라는 것은 오직 두 가지뿐이다. 빵과 예술. 나는 이런 예술가를 사랑한다.

12. 사물에 자신의 의지를 대입시키지 못하는 사람은, 그 대신 어떤 의미를 거기서 찾아낸다. 그러고는 자신의 의지가 그 안에 들어있다고 믿어 버린다. 이것이 신앙의 원리다.

13. 여자들은 마치 무슨 죄라도 짓는 것처럼 문학을 한다. 시험

삼아, 지나는 길에, 누가 알아보지나 않을까 주위를 두리번거리면서.

14. 위장이 전혀 필요 없는 상황에 몸을 맡기라. 줄 타는 곡예사처럼, 줄에서 떨어지든가, 줄 위에 서 있는가, 그것도 아니면 도망쳐 버리라.

15. 자기만족은 감기도 막아 준다. 한겨울에도 짧은 치마 차림에 멋부리며 다니는 여자는 감기도 안 걸린다.

16. 나는 혈통이나 가문 따위는 믿지도 않고, 되도록 멀리하려고 한다. 조직에 의지하려는 마음은 성실함이 결핍되어 있음을 드러낸다.

17. 사람들은 여자들의 속이 깊다고 한다. 아무리 해도 그 속을 알 수가 없기 때문이다.

18. 여자에게 남성적 기질이 있다면, 남자들은 도망칠 것이다. 그러나 여자에게 남성적 기질이 전혀 없다면 여자 자신이

도망칠 것이다.

19. "과거에는 양심이라는 것이 물어뜯을 수 있는 것이 얼마나 많았던가? 양심의 이빨은 얼마나 튼튼했던가? 그런데 오늘날은 어떤가? 무엇인가 잘못되어 가고 있는 것 같다." 어느 치과 의사의 말이다.

20. 성급하게 서둘러서 저지른 실수는 단지 한 번으로 끝나는 법이 없다. 첫 번째 실수는 누구나 무심히 넘겨 버린다. 그러나 바로 그 때문에 사람들은 두 번째 실수를 저지른다.

21. 밟힌 벌레는 몸을 움츠린다. 그렇게 함으로써 다시 밟힐 가능성을 줄이는 것이다. 이것은 매우 현명한 처사다. 우리는 이것을 겸손이라고 부른다.

22. 우리는 음악만으로도 행복해질 수 있다. 음악이 없다면 인생이란 제대로 흘러가지 않을 것이다. 독일 사람들은 신마저도 노래를 부른다고 생각하고 있다.

23. "앉아 있지 않고서는 생각할 수도, 글을 쓸 수도 없다"고 플로베르는 말했다. 이 말 때문에 나는 그가 어떤 사람인지 알았다. 오로지 앉아 있는 상태에서만 생각을 한다는 것은 성령을 거스르는 죄악이다. 걸어가면서 얻는 사상만이 가치 있는 것이다.

24. 심리학자들도 사람이 타고 가는 말처럼 불안감에 휩싸일 때가 있다. 자신의 그림자가 눈앞에서 아른거리기 때문이다. 그가 다른 사물들을 보려면 자신으로부터 다른 데로 눈을 돌려야 한다.

25. 도덕이란 것에 반감을 품은 사람이 일반인들의 도덕에 해를 끼칠까? 그렇지 않다. 무정부주의자가 정부의 최고지도자를 해치지 않는 것과 같다.

26. 당신은 맨 앞에 서서 달리고 있는가? 그렇다면 당신은 선구자인가? 아니면 낙오자인가? 그 어느 쪽도 아니라면, 도망자일 것이다.

27. 당신은 진실한 사람인가? 아니면 배우에 불과한가? 인생

을 자기 의지로 이끌고 가지 못한다면 남의 흉내나 내는 배우에 불과하다.

28. 당신은 방관자인가? 아니면 참여자인가? 그 어느 쪽도 아니라면, 눈을 돌려 현실을 회피하는 사람일 것이다.

29. 당신은 다른 사람들과 함께 어울려 가려는가? 아니면 앞장서 가려는가? 그 어느 쪽도 아니라면, 혼자 제멋대로 가려는가? 사람은 자신이 하고자 하는 일이 무엇인지, 그리고 자기가 지금 무엇을 하고 있는지를 알아야 한다.

30. "위대한 인물을 찾아냈다"고 말하는 사람들이 있다. 그러나 그들이 찾아낸 것은 고작해야 위대한 인물인 척하는 사람일 뿐이다.